Vermisst in Mettmann

Jörg Manz

Der Krimi

Im Jahr 1990 verschwand in Mettmann eine sechzehnjährige Schülerin spurlos. Alle Ermittlungen verliefen damals ins Leere. Auch ‚Aktenzeichen XY' berichtete. Der Fall reihte sich in die Cold Cases ein. 32 Jahre später findet ein Hund im Garten eines Hauses in der Siedlung Erlenhain menschliche Knochen. Die Ermittlungen werden wieder aufgenommen. Schließlich führt ein Bauwagen in der Nähe von Hamburg zum Täter.

Der Autor

Jörg Manz wurde im Jahr 1955 in Kiel geboren. Nach zwanzig Jahren Selbstständigkeit ist er seit 2018 im Ruhestand. Er lebt in Mettmann, der Neanderthalstadt zwischen Düsseldorf und Wuppertal. „Vermisst in Mettmann" ist sein erstes Werk aus der Reihe Neanderlandkrimi.

Vermisst in Mettmann

Jörg Manz

Ein Neanderlandkrimi

Impressum

Mohrengarten 2, 40822 Mettmann
WWW.JOERG-MANZ.DE

Umschlaggestaltung Wencke Börding
Lektorat Dr. Mechthilde Vahsen
Verlag: BoD · Books on Demand GmbH,
Überseering 33, 22297 Hamburg,
bod@bod.de
Druck: Libri Plureos GmbH,
Friedensallee 273, 22763 Hamburg
ISBN 978-3-7597-3470-9

3. Auflage 2026

„Schreib doch mal ein Buch, Papa!“

Für meine Tochter

Handelnde Personen 2022

Sebastian Gollenberg, Leitender Kriminaldirektor
Sarah Paulsen, ermittelnde Kommissarin
Rene Bürgerfreund, Sarah Paulsens Lebensgefährte
Jörg Vetten, ermittelnder Hauptkommissar 2022
Prof. Dr. Sabine Karanastuso, Leiterin der Rechtsmedizin Düsseldorf
Leonie Braun, Schulpraktikantin

Dr. Stefanie Seitl, Internistin, Käuferin des Hauses im Erlenhain
Dr. Sebastian Seitl, Orthopäde und Chirurg, Ehemann von Stefanie Seitl
Nils Seitl, 5-jähriger Sohn von Stefanie und Sebastian Seitl
Dr. Müller, ein Boxerrüde

Wolfgang und Manuela Stern, Verkäufer des Hauses im Erlenhain

Handelnde Personen 1990

Dr. med., Dr. med. dent Franz von dem Berg, Chirurg, Vater der Vermissten
Beate von dem Berg, Mutter der Vermissten
Nicole von dem Berg, vermisste Schülerin
Tanja von dem Berg, eineiige Zwillingsschwester von Nicole
Klaus und Elke Kapteiner, Bauherren eines Hauses im Erlenhain

Bernd Stirn, ermittelnder Kommissar der Soko „Nicole"
Franz Hellermann, Leiter der Soko „Nicole"
Heinz Grabowski, Polizeipsychologe
Jörg Vetten als junger Kommissar

Christian Seewald, Schulabgänger am HHG
Stefan Berg-Haberland, Schulabgänger am HHG
Klaus Hinz, Leiter einer Wohngruppe in Homberg

Werner Schmittke, Vater der erblindeten Tochter Sabrina
Dr. Alois Heft, Schulleiter am HHG
Thomas Reich, Sportlehrer am HHG
Frank Schmilewski, Sportlehrer am HHG
Uwe Wurzel, Mathelehrer am HHG
Guidomar von Grabenholt, Schüler am HHG
Wolfgang Rausch, Hausmeister am HHG

Eurobau, Vermarktungsgesellschaft der Häuser im Erlenhain

Abkürzungen:

KPB = Kreispolizeibehörde
KT oder KTU = Kriminaltechnik

HHG = Heinrich-Heine-Gymnasium
Jubi = Jubiläumsplatz in Mettmann
CEBIUS = **C**omputer **E**insatz **B**earbeitungs-, **I**nformations- und **U**nterstützungs **S**ystem

Erster Teil

2022

Kapitel 1

Dr. Sebastian Seitl kam nach einem arbeitsreichen Tag an einem trüben Novembertag nach Hause. Zwei Meniskus- und eine Hüft-OP hatten auf dem OP-Plan gestanden. Als dann noch die Verletzten des Unfalls am Hildener Kreuz eingeliefert wurden, wurde es ein langer Tag für ihn in der Unfallklinik.

Seine Frau Stefanie bereitete gerade ein Erbsenrisotto mit Hähnchenschnitzel zu. Seitls hatten sich vor einiger Zeit eine ziemlich teure Küchenmaschine gekauft. Da sie beide berufstätig waren, blieb nicht viel Zeit zum Kochen übrig. Die Maschine nahm ihnen viel Arbeit ab und die Ergebnisse konnten sich sehen lassen.

Zuerst begrüßte Sebastian seine Frau und dann seinen fünfjährigen Sohn Nils, der ihn voller Sehnsucht erwartete.

Dann war da noch Dr. Müller, der Hund von Familie Seitl. Vor einiger Zeit hatten sie den Boxerrüden von einem befreundeten Ehepaar übernommen. Die Bekannten waren ebenfalls Mediziner und gingen für längere Zeit für Ärzte ohne Grenzen ins Ausland.

Solange Stefanie vormittags bei einer Internistin praktizierte, war Dr. Müller allein zu Hause. Das war er gewohnt. Dr. Müller war neun Monate alt und an seiner Erziehung mussten die Seitls noch arbeiten. Wenn Stefanie von der Arbeit kam, wurde sie überschwänglich von dem Boxerrüden begrüßt. Durch die warme Stelle auf dem Sofa bemerkte sie schnell, dass der Hund während ihrer Abwesenheit auf der Couch geschlafen hatte. Das konnten sie dem Boxer nicht abgewöhnen. Wenn Seitls zu Hause waren, war das kein Thema. Dr. Müller lag brav auf seiner Decke oder spielte, meistens mit Nils. War er allein, machte er, was er wollte.

„Papa, Papa, schau, was ich Dr. Müller beigebracht habe!“, rief Nils aufgeregt. Sebastian folgte seinem Sohn durch die Terrassentür in den Garten.

Nils warf einen Stock in Richtung Nachbargrundstück.

„Hol den Stock, Dr. Müller, hol den Stock!“

Der Boxerrüde rannte los, kam mit dem Stock im Maul zurück und legte ihn vor Nils ab.

„Jetzt du, Papa.“

Sebastian nahm den Stock und warf ihn.

„Jetzt ich wieder“, rief Nils fröhlich.

So ging das ein paar Mal hin und her.

Erst nach einer Weile betrachtete Sebastian den Stock, schaute ihn von allen Seiten an. Weil es dunkel war, ging er an die Terrassentür, wo ein helleres Licht strahlte. Er setzte seine Lesebrille auf. Das war kein Stock, das war ein Knochen. Sebastian ergriff einen anderen Stock und warf ihn, damit Dr. Müller ihn apportieren konnte.

„Das machst du sehr gut, Nils. Spiel einen Moment allein mit Dr. Müller. Ich gehe kurz rein und zeige Mama das Stöckchen, mit dem ihr gespielt habt.“

Sebastian ging ins Haus zu seiner Frau, die im Esszimmer das Essen auftischte.

„Schau mal, das könnte ein menschlicher Unterarmknochen sein, eine rechte Elle.“

Er zeigte Stefanie den Gartenfund.

Als Orthopäde und Chirurg wusste er sehr genau, wonach das aussah. Nebenan war eine Metzgerei, die noch selbst schlachtete. Es könnte eventuell ein Tierknochen sein. Die erste Variante schien ihm wahrscheinlicher. Aber wo sollte hier ein menschlicher Knochen herkommen?

Beim Essen vermieden es Seitls den Knochenfund gegenüber Nils zu erwähnen. Er zeigte seinen Eltern die Fundstelle neben einem großen Jasminstrauch und wurde ins Bett gebracht. Kaum war er eingeschlafen, bewaffneten sich Seitls mit Spaten und Taschenlampe und gingen dorthin. Dr. Müller hatte ganze Arbeit geleistet und ein großes Loch gebuddelt. Ein weiterer Knochen ragte aus der Erde heraus. Sie brachten den Knochen ins Haus und betrachteten den Fund. Auch Stefanie hatte jetzt ihre Lesebrille aufgesetzt. Beide schüttelten mit dem Kopf. Es war eindeutig, das waren menschliche Unterarmknochen, eine rechte Elle und eine rechte Speiche.

„Was machen wir damit?“, fragte Stefanie.

„Wenn wir ehrlich sind, müssen wir den Fund der Polizei melden.“

„Genau, und dann kommt die Kriminaltechnik und buddelt den ganzen Garten um. Ganz zu schweigen von Verhören durch die Kripo.“ Der Blick von Stefanie zeigte, dass sie von dieser Idee nicht begeistert war.

„Du hast recht. Und die BILD und RTL haben wir auch im Garten“, vermutete Sebastian.

„Also Stillschweigen, einverstanden, Sebi?“

„Ich weiß nicht. Wohin mit diesen Knochen? Was, wenn Dr. Müller weitere Gebeine findet?“

„Oder Nils spielt mit den ‚Stöckchen‘ auf der Straße und andere Nachbarn sehen das?“

„Ich will nicht, dass Nils im Entferntesten mit Leichenknochen spielt!“, entgegnete Sebastian ernst.

„Warum nicht? Man kann nicht früh genug mit der orthopädischen Ausbildung anfangen.“

Da gab sich der Orthopäde geschlagen und musste lachen, obwohl die Situation ernst war. Der Entschluss war gefasst. Die Ehrlichkeit hatte gewonnen, mit allen Folgen, die sich daraus ergeben würden.

„Die Gebeine liegen bestimmt schon viele Jahre hier. Wir müssen uns nicht beeilen“, schloss Sebastian. „Übermorgen haben wir beide frei und können nachmittags zur Polizei in Mettmann an der B7 fahren und unseren Fund abgeben.“

Die Knochen wurden sorgfältig eingetütet und vor Nils versteckt. Er sollte auf keinen Fall wieder damit spielen.

Es war erst zwölf Wochen her, dass Sebastian und Stefanie Seitl nervös beim Notar in dem großen Raum mit dem riesigen Tisch gesessen hatten. Sebastian konnte sich sehr gut an die Situation erinnern.

Die beiden waren schon einmal von einem Hausverkäufer in letzter Sekunde versetzt worden. Er wollte mehr Geld für sein Haus als ursprünglich vereinbart, und hatte den Notartermin nicht wahrgenommen.

Der Leidensdruck der beiden war groß. Sie wohnten

damals in einer Dreizimmerwohnung in der dritten Etage am Stadtrand von Düsseldorf, in der Nähe eine belebte Straße und ein Spielplatz, der den Namen nicht verdiente. Keine Freunde für Nils. Kein Garten und keine Möglichkeit zum Grillen, wovon Sebastian träumte.

„Meinst du, wir übernehmen uns nicht mit den Kosten?“, hatte Stefanie nachdenklich im Beurkundungsraum gefragt.

750.000 Euro war sehr viel Geld, und die Unsicherheiten zurzeit konnten sie nicht wegdiskutieren. Coronakrise gerade vorbei, Inflation bei zehn Prozent, Krieg in der Ukraine und das steigende Zinsniveau.

Aber das Haus im Mühlengarten 75 war genau das, was Seitls suchten. Fünf Zimmer und somit Platz für ein zweites Kind. Dazu die Lage in der Siedlung Erlenhain, fantastisch. Ländlich gelegen, am Ende einer Stichstraße, absolut verkehrsberuhigt, Großstädte wie Düsseldorf und Wuppertal in der Nähe, alle wichtigen Versorger schnell erreichbar, Kindergärten und Schulen in der unmittelbaren Umgebung, und der Arbeitgeber von Sebastian, das St. Josefs Krankenhaus in Hilden, war nicht weit. Sebastian arbeitete in der Orthopädie und Unfallchirurgie der Klinik. Seine Frau Stefanie war halbtags bei einer Internistin in Hilden angestellt. Für Nils hatten sie bereits in Mettmann einen Kindergartenplatz und nach der Einschulung war der Weg zur Astrid-Lindgren-Grundschule nicht weit.

Sie hatten lange über die Finanzierung diskutiert und vieles hin und her überlegt. Als die Eltern der beiden einiges zum Eigenkapital für den Hauskauf beigesteuert hatten, war es zusammen mit den eigenen Finanzmitteln möglich, einen Kredit von der Bank zu erhalten.

Die Notarin betrat endlich den Beurkundungsraum, gefolgt von Wolfgang und Manuela Stern, den Verkäufern des Hauses. Die Anspannung von Stefanie und Sebastian löste sich. Es funktioniert mit dem Hauskauf, freuten sich Seitls.

Die Paare begrüßten sich. Sie kannten sich bereits durch zwei Besichtigungstermine und zahlreiche Telefonate.

Die Notarin machte ihre Arbeit locker und bezog Nils in das Gespräch mit ein. Der Kleine klebte an ihren Lippen, als sie den beiden Ehepaaren den Notarvertrag vorlas.

Es gab ein paar kleine Änderungen, ein Name war falsch geschrieben, und eine halbe Stunde später waren Stefanie und Sebastian Seitl endlich stolze Besitzer des lang ersehnten Einfamilienhauses. Sterns hatten eine Flasche Sekt mitgebracht und sie stießen alle gemeinsam mit der Notarin auf den erfolgreichen Verkauf an.

Der Umzug vor zwei Wochen in das neue Haus war reibungslos über die Bühne gegangen, bis auf eine Vase, die zu Bruch ging. Nils war sie heruntergefallen. Stefanie war froh darüber. Das Hochzeitsgeschenk von Tante Ellen hatte sie nie so richtig leiden können.

Erlenhain in Metzkausen war mit zweiunddreißig

Jahren eine ältere Siedlung und allmählich fand hier ein Generationswechsel statt. Deshalb wollte Familie Stern sich verändern und in eine kleinere Wohnung im Erdgeschoss ziehen.

Natürlich musste einiges im und am Haus gemacht werden. Es gab einen großen Renovierungsstau. Die Bäder mussten erneuert werden, die Küche war in die Jahre gekommen und den Garten hatten die Verkäufer wegen einer Gehbehinderung nicht mehr richtig pflegen können. Die Renovierung der Bäder war wichtig und stand ganz oben auf der Prioritätenliste von Sebastian und Stefanie, die Küche sollte danach in Angriff genommen werden und im Frühjahr wollten sie den Garten angehen. Darauf freute sich Sebastian besonders. Hier wollte er Ausgleich zu seinem arbeitsreichen Beruf finden. Er hatte umfangreich im Internet über einen Grillplatz recherchiert und ganz konkrete Vorstellungen für den neuen Garten.

Der fünfjährige Nils hatte den Umzug in das neue Haus und die neue Umgebung sehr gut weggesteckt. Er war nicht schüchtern und fand schnell Kontakt zu den Gleichaltrigen im Kindergarten. In der Nachbarschaft waren wenig Kinder in seinem Alter.

Am liebsten spielte er aber mit Dr. Müller. Der Boxer war ein idealer Spielgefährte für ihn. Stöckchen werfen liebten die beiden. Der Garten war nicht allzu groß, und für die Kräfte des Fünfjährigen gerade richtig, damit der Stock nicht beim Nachbarn landen konnte.

Kapitel 2

Hauptkommissar Jörg Vetten betrat mürrisch das ovale Gebäude der Kreispolizeibehörde in Mettmann. Er konnte nicht verbergen, dass er sauer war über das Ausscheiden der deutschen Fußball-Nationalmannschaft bei der WM in Katar. Ausgerechnet gegen ein Fußballentwicklungsland wie Japan verloren, ging es ihm durch den Kopf. Wenn ich Trainer der Nationalmannschaft wäre, ich hätte andere Leute auf den Platz geschickt. Warum so viele Bayern-Spieler? Gibt es beim BVB nicht genug andere Fußballer, grübelte Vetten. Er konnte seine Zuneigung zu dem Dortmunder Fußballverein nicht verbergen.

An seinem Schreibtisch angekommen packte er erst einmal sein zweites Frühstück aus. Nussecken und eine Zimtschnecke. Die Nussecken hatte seine Frau für die Kollegen der Direktion Kriminalität gebacken. Eine nahm er für sich, die Zimtschnecke hatte er gerade beim REWE gekauft. Er hatte Frust und brauchte Nervennahrung, sonst würde er ungenießbar. Auch wenn der Arzt ihm beim letzten Check-up dringend geraten hatte, sich mit Süßem zurückzuhalten.

Laut Labor war sein Blutzuckerwert bei der letzten Untersuchung vor vier Wochen 6,2 gewesen. Vor einem Jahr lag der Wert bei 5,8. Sein Hausarzt ermahnte ihn wegen seines Übergewichts. Er hatte ja nicht ganz unrecht. Bei 173 cm und 104 kg Körpergewicht hatte er einen BMI von 35,1 und galt als übergewichtig.

Vor achtzehn Jahren, 2004, wog er knapp über siebzig Kilo und war beim Dortmund Marathon mitgelaufen, von Dortmund über Bochum und Gelsenkirchen bis nach Essen. Er hatte vier Stunden dreißig für die 42,195 km lange Strecke benötigt. Einige seiner Kollegen waren ebenfalls gelaufen und es war damals eine gute Werbung für die Polizei. Zwei Tage Sonderurlaub hatte es für die erfolgreichen Teilnehmer gegeben.

Mit einem fröhlichen Lächeln betrat Sarah Paulsen das Büro, das sie sich mit Vetten teilte. Die junge Kommissarin war seit Kurzem im Team der Mordkommission. Der Liebe wegen hatte sie sich von Paderborn nach Mettmann versetzen lassen. Ihren Freund hatte sie vor einem Jahr über das Internet kennengelernt. Sie wollte näher bei ihm sein, um ihn besser kennen zu lernen, und hatte eine eigene kleine Wohnung in Mettmann gemietet.

Sarah hatte glatte, lange braune Haare, die sie gerne zu einem Pferdeschwanz zusammenband. Die modische Brille, die sie trug, stand ihr gut. Sie hob ihre großen dunklen Augen besonders hervor. Sarah kleidete sich modern und nahm jeden Modetrend mit. Optisch war sie somit das Gegenteil von Vetten. Aufgrund seines Körpervolumens war er eher der Hosenträgertyp. Sarah trug Sneaker. Sie liebte diese Schuhe und hatte bestimmt zwanzig Paare davon in ihrem Schrank. Morgens konnte sie sich nie entscheiden, welches sie an diesem Tag tragen sollte.

Sportlich hätten die beiden auch nicht unterschiedlicher sein können. Sarah war NRW-Meisterin im Kickboxen in ihrer Altersklasse, zum wiederholten Mal. Die Deutschen Meisterschaften standen kurz vor der Tür und sie war im Kader der deutschen Nationalmannschaft. Vetten dagegen liebte Sport vom Fernsehsessel aus.

Auch die Laune der beiden schien heute ziemlich gegensätzlich zu sein.

„Moin, Jörg“, lächelte sie den Hauptkommissar fröhlich an, „was ist dir heute für eine Laus über die Leber gelaufen? Sollst du Falschparker auf dem Jubi ermitteln?“

„Deutschland ist ausgeschieden“, brummte Vetten mürrisch, ohne den Blick von seinem süßen zweiten Frühstück zu lassen.

„Ach so. Ja. Ist nicht so schlimm. Gibt Schlimmeres“, sagte Sarah und ergänzte. „Stell dir vor, du müsstest auf dem Parkplatz Wohnwagen und Wohnmobile wiegen oder die Kollegen in Düsseldorf oder im Ruhrpott bei einem Fall unterstützen.“

Tatsächlich war Mettmann nicht gerade für seine hohe Kriminalitätsquote berüchtigt. Die Sprengung des Geldautomaten der Postbank am Jubiläumsplatz im August 2017 war das Highlight in seiner Laufbahn. Deshalb kam es oft vor, dass Vetten an einen anderen Ort abkommandiert wurde, zur Unterstützung der Kollegen. Da wurde er zum Hilfssheriff degradiert und durfte das Adressbuch der Mordopfer abtelefonieren oder Bewegungsprofile von Handys vom Provider anfordern. Die „tatsächlich wichtige“ Arbeit machten die örtlichen Kollegen.

Vetten träumte von einem richtig tollen Fall, bevor er in Pension ging. Er war fünfundsechzig und die letzten Jahre hier in Mettmann waren tote Hose für ihn gewesen. Klar war es wichtig, wenn er Grundschülern beim Besuch der Kreispolizeibehörde von der Arbeit erzählen und sie nacheinander für eine Minute in die Ausnüchterungszelle sperren durfte. Das Größte zum Abschluss seiner beruflichen Laufbahn wäre ein Mord, den er aufklären konnte.

„Jörg", der Direktionschef Sebastian Gollenberg steckte den Kopf durch die Tür und störte Vetten in seinen Gedanken.

„Darf ich dir für zwei oder drei Wochen eine Schulpraktikantin vom HHG an die Hand geben? Würde in zwei Wochen kommen."

„Wieso ausgerechnet bei uns? Schick die doch zum Diebstahl", maulte Vetten mürrisch.

„Das geht nicht", erwiderte sein Chef. „Da könnte sie auf Klassenkameraden treffen, die Zigaretten geklaut haben. Außerdem ist ja im Moment eh nichts los bei euch. Ist auch `ne Nette." Der Leitende, wie der Direktionsleiter genannt wurde, hatte eine sympathische Art, seinen Mitarbeitern unangenehme Sachen mitzuteilen. So war es schwierig, ihm zu widersprechen. Trotzdem war Vetten nicht glücklich über eine Schulpraktikantin, auch wenn sie nett sein sollte.

Die versuchen mit aller Macht, mir meine letzten Monate zu versauen, waren seine Gedanken.

Kommissarin Sarah Paulsen brannte. Sie stand mit ihren dreiunddreißig Jahren am Anfang ihrer Karriere. Ihr starker Gerechtigkeitssinn hatte sie motiviert, zur Kripo zu gehen und in Strafangelegenheiten zu ermitteln. Es war ihr Traum, beim Mord zu arbeiten.

Ein Kollege aus der Abteilung „Kriminalität“ hatte Long-Covid und würde nicht mehr auf seine alte Stelle zurückkehren können. So hatte sie sich auf den freien Platz in Mettmann beworben. Ihre Eltern hatten ihr abgeraten, Polizistin zu werden. Als Sarah ausgerechnet zum Mord gehen wollte, waren sie total entsetzt. Jedes Mal, wenn im Fernsehen ein Tatort lief, hatten sie wieder Angst um ihre Tochter. Sarah hatte sich jedoch durchgesetzt und wollte endlich durchstarten.

Gerade schaltete sie ihren Computer ein und rief die Software eCEBIUS, das zentrale Einsatzleitsystem der Polizei, auf. Alle Vorkommnisse waren hier dokumentiert, auch alte, ungelöste Fälle, die als Cold Cases eingestuft waren.

„So eine Schulpraktikantin ist nicht schlecht, die kann bei einer Recherche über Cold Cases gut unterstützen“, murmelte Sarah und versuchte, ein neutrales Gesicht zu machen, um Vetten nicht zu provozieren.

„Lecker, die Nussecken deiner Frau. Grüß sie ganz lieb von mir, und sie soll mir unbedingt das Rezept verraten.“

Sie versuchte, Dampf aus dem Kessel von ihrem schlecht gelaunten Kollegen abzulassen, was ihr gelang. Seine Gesichtszüge hellten sich auf.

Schon gut, wozu so ein Antieskalationstraining gut sein kann, freute sie sich. Die Nussecken seiner Frau waren wirklich großartig und sie biss genüsslich ein weiteres Stück ab.

Kapitel 3

Sebastian und Stefanie Seitl machte sich mit dem Knochenfund auf den Weg zur Kreispolizeibehörde am Ortseingang von Mettmann. Nils hatten sie nichts von ihrem Besuch bei der Polizei erzählt. Er hätte sonst nicht locker gelassen, mitzukommen. Sie hatten ihn bei einem Kindergartenfreund untergebracht.

Der wachhabende Polizeiobermeister Aretz telefonierte kurz mit Sarah Paulsen und begleitete Sebastian und Stefanie dann in Sarahs Büro.

Nach einer kurzen Vorstellung holte Sebastian die beiden Knochen, die er sorgfältig eingeschweißt hatte, aus seiner Tasche. Er wollte vermeiden, dass die Gebeine angefasst werden, was ja bereits zu Hause geschehen war. Außerdem hatte Dr. Müller einen der Knochen schon im Maul gehabt.

„Und Sie sind sicher, dass das menschliche Knochen sind?", fragte Sarah.

„Ziemlich sicher", entgegnete Sebastian. „Ich bin Orthopäde und meine das erkennen zu können", ergänzte er ohne Arroganz in seiner Stimme.

„Endgültig kann das natürlich erst eine ausführliche Untersuchung ergeben".

„Und Dr. Müller hat die Knochen auf Ihrem Grundstück gefunden? Wer ist bitte Dr. Müller?"

Der Polizeiobermeister an der Wache neben dem Eingang hatte wohl nicht weitergegeben, dass es sich bei Dr. Müller um einen Hund handelte.

„Dr. Müller ist ein Boxer", versuchte Stefanie die Situation aufzuklären.

„Ein, äh, Boxer?" fragte Sarah noch irritierter. Sie

kam nicht auf die Idee, dass es sich um einen Hund handeln könnte. Kampfsportler war wegen der Sportart, die sie ausübte, einfach naheliegender.

„Unser Hund, ein neun Monate alter Boxerrüde“, klärte Stefanie die Situation auf.

Alle lachten. Der seltene Name für den Hund gab tatsächlich Munition für lustige Situationen. Sarah Paulsen überlegte, wie sie ihren Kollegen Jörg Vetten mit diesem Namen auf den Leim führen konnte.

Sarah nahm die Personalien der beiden auf und erstellte ein Protokoll. Nachdem es unterschrieben war, begleitete sie die Seitls zum Ausgang.

„Ach, noch etwas“, sagte Sarah zu Familie Seitl. „Wir möchten nicht sofort mit der großen Kavallerie auffahren. Ich möchte Sie bitten, die Stelle nicht zu betreten und auch niemandem davon zu erzählen. Zumindest, bis wir ein Ergebnis aus der Rechtsmedizin haben. Danach sehen wir, ob weitere Schritte eingeleitet werden müssen.“

Eigentlich hätte sie sofort die Stelle sichern müssen. Familie Seitl machte auf Sarah aber nicht den Eindruck, dass sie etwas mit dem Fall zu tun haben könnte. Sie war überzeugt, dass sie ihrer Bitte entsprechen und den Fundort nicht verändern würden. Wenn es überhaupt menschliche Knochen und somit ein Fall sein sollte.

Sie piepste Vetten an.

Der sitzt bestimmt wieder in der Cafeteria und füllt seinen Zuckerhaushalt auf, vermutete sie.

„Was hast du da?“, fragte Vetten, als er das Büro betrat.

„Hat Dr. Müller gefunden“, sagte sie und zeigte ihm

die Knochen.

„Wer ist Dr. Müller?“

„Ein Boxer.“

„Ein Kampfsportler mit Doktortitel? Kann ich mir nicht vorstellen.“

Sarah genoss es, die fragenden Falten auf Vettens Stirn zu beobachten. Sie hielt einige Sekunden inne und genoss diesen Augenblick.

„Also ...“, wollte Sarah fortfahren.

„Also was?“, unterbrach Vetten ungeduldig.

„Also, Dr. Müller ist ein Hund, ein Boxer. Der Hund gehört Familie Seitl, die vor Kurzem in der Siedlung Erlenhain ein Haus gekauft hat. Der Hund hat diese Knochen im Garten ausgebuddelt. Sebastian Seitl ist Orthopäde und seiner Meinung nach sind das menschliche Knochen. Eine rechte Elle und eine rechte Speiche.“

In Vettens Kopf ratterte es. War das sein Fall, den er ersehnte? Oder hatte ein Nachbar sich einen üblen Scherz erlaubt und die Knochen vom Spanferkel über den Zaun entsorgt?

Er griff zum Telefon und wählte die Nummer der Rechtsmedizin an der Uniklinik in Düsseldorf.

„Hauptkommissar Vetten, Kriminaldirektion Mettmann“, meldete er sich.

„Hallo Mettmann. Habt ihr ein tot gebliebenes Huhn, das ich obduzieren soll?“

Vetten hatte viele Geschichten über die direkte Art der bekannten Rechtsmedizinerin gehört, aber nie persönlichen Kontakt zu ihr gehabt. Er war erst einmal sprachlos.

Die Rechtsmedizinerin, Prof. Dr. Sabine Karanastuso,

hatte einen Ruf, der weit über die Grenzen von Düsseldorf hinausreichte. Sie war eine Koryphäe auf ihrem Fachgebiet. Auch wegen ihrer bildhaften Art des Vortrags und ihrer Schlagfertigkeit wurde sie gerne zu Kongressen oder zu Talkshows eingeladen. Ihre Vorlesungen an der Uni waren bis auf den letzten Platz besetzt. Privat machte sie gerne Kreuzfahrten. Bei einer ihrer ersten Fahrten hatte sie Tischpartnern beim Essen erzählt, dass sie Pathologin und Gerichtsmedizinerin sei. Zum nächsten Essen hatten diese um einen anderen Tisch gebeten. Karanastuso hatte wohl zu plastisch und detailliert über ihre Arbeit erzählt. Seitdem berichtete sie nichts mehr über ihren Beruf auf Kreuzfahrten.

„Zwei abgeknabberte Kotelettknochen und 'ne panierte Leber aus der Kantine von heute Mittag", konterte Vetten nach einem kurzen Moment. „Nein, Spaß beiseite. Wir haben hier einen Gartenfund. Offensichtlich zwei menschliche Knochen. Der Finder ist Orthopäde und Chirurg. Er könnte recht haben mit seiner Beurteilung."

„Kommen Sie vorbei, Herr Hauptkommissar. Ich bin bis achtzehn Uhr im Haus."

Sarah und Jörg fuhren nach Düsseldorf in die Uniklinik an der Mohrenstraße, zur Professorin in die Rechtsmedizin.

„Zeigen Sie mal her, was Sie haben", forderte Karanastuso auf.

„Jau, das sind eine rechte Elle und Speiche. Wobei die Elle zahlreiche Verletzungen aufweist. Könnten post mortem entstanden sein. Woll."

„Das war Dr. Müller", sagte Sarah Paulsen.

Karanastuso blickte auf. „Dr. Müller? Wie soll ich das verstehen? Welcher Arzt hat da unprofessionell in mein Handwerk gepfuscht?"

Sarah freute sich, mit dem extravaganten Namen wieder zur Verwirrung beigetragen zu haben.

„Ein Boxer."

„Und der nette promovierte Kampfsportler hat an der Elle genagt?", wollte die Rechtsmedizinerin wissen.

„Dr. Müller ist der Hund von Familie Seitl. Auf deren Grundstück hat er die Knochen gefunden. Der Hund heißt tatsächlich Dr. Müller", klärte Sarah Paulsen auf.

Solche Scherze mochte die Rechtsmedizinerin, sie war ja aus demselben Holz geschnitzt.

„In welcher Fachrichtung hat der Hund promoviert oder ist das ein Betrüger?", grinste sie zurück.

„Okay. Ich will Ihnen erklären, wie das weitere Vorgehen ist. Zuerst werde ich eine forensisch-osteologische Begutachtung machen. Soweit ich das zum jetzigen Zeitpunkt sagen kann, sind das menschliche Knochen. Genaues morgen Vormittag. Woll."

„Wie immer, Genaues nach der Obduktion", lästerte Vetten.

„Sie gucken wohl zu viele Krimis im Fernsehen", konterte die Rechtsmedizinerin. Sie musste immer das letzte Wort haben.

„Vielen Dank, Frau Doktor. Dann wollen wir jetzt unsere Hausaufgaben machen", verabschiedeten sich Sarah und Vetten.

„Weißt du, warum die immer ‚Woll' sagt?", fragte

Vetten auf dem Weg zum Dienstwagen, der auf dem Besucherparkplatz stand.

„Sie kommt wahrscheinlich aus Dortmund", klärte Sarah auf. „Das bedeutet so viel wie ‚nicht wahr' und soll dem zuvor Gesagten Nachdruck verleihen. Nur ein echter Dortmunder benutzt dieses Wort."

Vetten schüttelte den Kopf. „Was du alles weißt!"

Die beiden Kommissare machten sich auf den Weg in die Erlenhainsiedlung zu Familie Seitl.

„Deine Schuhe passen aber nicht unbedingt zu einem Kundenbesuch", meinte Vetten mit einem Blick auf Sarahs Sneaker.

„Ich habe welche zum Wechseln in meiner Tasche", antwortete sie und holte ein anderes Paar, natürlich wieder Sneaker, aus ihrer Tasche. „Sind die hier besser?"

„Ist egal. Solange du keine Jeans mit Rissen trägst, ist mir das wurst", erwiderte Vetten kopfschüttelnd. Sein Geschmack war dieser legere Stil nicht. Er konnte mit neuen Trends wenig anfangen. Er trug heute einen dunkelbraunen Anzug mit einer hellbraunen Weste, dazu eine diagonal gestreifte Krawatte in braunen Tönen.

„Suchst du dir deine Kleidung selbst zusammen oder legt deine Frau dir das raus?", fragte Sarah mit einem leicht ironischen Unterton.

„Das mache ich selbst!", antwortete er. An seinem Ton bemerkte Sarah, dass er etwas beleidigt war, über diese Frage. Sie vertiefte das Thema nicht weiter, um ihren Chef nicht zu verärgern.

Kapitel 4

Es war sechzehn Uhr. Durch die dichte Bewölkung und den Regen war es beinahe dunkel. Das Hildener Kreuz war wegen eines Unfalls auf der A46 wieder einmal gesperrt und so führte Sarah und Vetten der Rückweg durch die Düsseldorfer Innenstadt auf die B7.

„Wir machen einen kleinen Abstecher über Hubbelrath. Ich zeige dir ein weihnachtlich beleuchtetes Haus. Das musst du gesehen haben, wenn du in Mettmann wohnst“, erklärte Vetten.

Er verließ die B7 Richtung Hubbelrath und fuhr in den kleinen noblen Düsseldorfer Vorort. Schnell erreichten sie das geschmückte Haus. Sie waren nicht die einzigen Bewunderer. Einige PKWs parkten auf dem Grünstreifen vor dem Anwesen. Ein Auto hatte ein Dortmunder und ein anderes ein Kölner Kennzeichen. Die Besucher kamen aus ganz NRW, um sich dieses Lichterwerk anzusehen. Der Eigentümer des hell erleuchteten Hauses hatte sogar einen Glühweinausschank vor dem Grundstück aufgebaut.

„Wahnsinn, wie lange haben die wohl daran gearbeitet?“, rätselte Sarah.

„Ich weiß nicht. Das sind bestimmt über 100.000 LED-Birnchen“, vermutete Vetten. „Darüber ist vielfach in der Presse berichtet worden.“

„Wunderschön!“, staunte Sarah. „Aber die Stromrechnung möchte ich nicht sehen.“

Ab Hubbelrath in Richtung Mettmann war natürlich Stau. Mettmann ist eine typische Schlafstadt für Düsseldorfer Berufstätige. Viele Menschen wollten an diesem ungemütlichen Novembertag schnell nach Hause fahren. Bis zum Blumencenter rollte der Verkehr, dann wieder Stillstand.

„Ach ja, diese blöde Baustelle an der Kreuzung vor unserer Dienststelle“, ärgerte sich Vetten. „Wir verlieren wieder eine Viertelstunde. Dass die Verkehrsplaner in Mettmann das nicht richtig hinkriegen.“

Sarah schmunzelte. Unsere Behörde ist da ja auch irgendwie dran beteiligt, überlegte sie. Ihr war das ziemlich egal. Sie genoss den Blick auf das weihnachtlich beleuchtete Blumencenter, das soeben auf der rechten Seite auftauchte.

„Lass uns kurz in das Blumencenter fahren. Da ist etwas, was ich dir zeigen möchte. Eine weitere Attraktion in Mettmann.“

Vetten wartete die Antwort von Sarah nicht ab, bremste und fuhr auf den Parkplatz. Sie betraten den Weihnachtsmarkt. Es duftete nach Waffeln, die ein Mitarbeiter des Blumencenters frisch aus dem Waffeleisen den Kunden anbot. Vetten ging zielstrebig auf eine mit Kunstschnee bedeckte Minilandschaft zu. Einige Kinder standen um diese Miniwelt herum und bestaunten mit großen Augen die kleinen Skipisten, Seilbahnen, Riesenräder, Karussells und Häuser. Dem Blick des gestandenen Hauptkommissars sah Sarah an, dass er sich in seine Kindheit zurückversetzt fühlte.

„Echt schön“, sagte Sarah, die ebenso begeistert war wie ihr Chef. „Aber komm, die Arbeit ruft. Auf zu Familie Seitl.“

Aus seinen Kindheitsträumen gerissen, löste sich Vetten von der schönen Miniwelt.

An der Kasse konnte er den süßen Verlockungen des Quengelregals nicht widerstehen. Ein Griff zu einer Tüte mit Gummibärchen und ein entschuldigender Blick zu Sarah. „Das muss jetzt sein. Ich hatte den ganzen Tag nichts Süßes", sagte er mit einem Blick wie ein kleiner Junge, der beim Naschen erwischt worden war.

„Stimmt nicht. Wir hatten gerade eine Waffel", lachte Sarah. „Das hast du vergessen."

Endlich in der Siedlung Erlenhain angekommen, klingelten sie an dem Haus am Ende der Stichstraße. Ein Hund bellte.

„Das ist bestimmt Dr. Müller", grinste Sarah Paulsen.

Sebastian Seitl öffnete die Türe. Natürlich war der neugierige Boxerrüde auch da, um zu gucken, wer da geklingelt hatte.

„Hallo Herr Dr. Seitl, das ist mein Kollege, Hauptkommissar Vetten. Dürfen wir reinkommen?"

Sarah und Vetten bemerkten, dass Seitls erst kürzlich eingezogen waren. Zahlreiche Kisten und Umzugskartons standen herum und im Flur brannte die berühmte Colanilampe.

„Natürlich, kommen Sie rein. Bitte, schauen Sie sich nicht um, hier sieht es noch wüst aus", entschuldigte sich Sebastian Seitl. „Dürfen wir Ihnen etwas zu trinken anbieten?"

„Nein, danke", lehnte Vetten freundlich ab.

Sebastian Seitl führte die beiden ins Wohnzimmer. Der junge Boxer wich nicht von der Seite der Polizisten und beschnüffelte sie intensiv.

„Da ist er ja, unser Leichenspürhund", stellte Sarah fest und kraulte den Rüden hinter den Ohren.

„Sie sagen Leichenspürhund. Also sind es, wie vermutet, menschliche Knochen?"

„Ja, und leider können wir Ihnen jetzt einige Unannehmlichkeiten nicht ersparen", sagte Vetten. „Wir müssen das Gebiet um den Knochenfund absperren. Morgen früh wird die Kriminaltechnik eintreffen, um den Bereich zu untersuchen. Ich muss Ihnen mitteilen, dass Sie den Garten vorläufig nicht betreten dürfen."

Sarah Paulsen hatte die Kriminaltechnik während der Fahrt nach Mettmann bereits informiert. Die Kollegen wollten die Fundstelle und die Umgebung mit einem kleinen Trupp untersuchen.

„Wie lange wird das dauern?", fragte Stefanie Seitl.

„Das wissen wir nicht. Ein paar Tage vielleicht", antwortete Sarah, die den Boxer immer noch kraulte, was ihm sehr gut gefiel. Inzwischen hatte Dr. Müller seine Schnauze auf Sarahs Oberschenkel gelegt und die Augen genüsslich geschlossen.

„Das ist ja süß. Dr. Müller hat vier weiße Pfoten", bemerkte Sarah.

„Ja, er hat sich heute Morgen wieder seine Tennissocken angezogen", sagte Seitl mit einem Lachen.

Auch Sarah musste lachen und die beiden Kommissare verabschiedeten sich.

Stefanie Seitl hatte sich für den nächsten Tag Urlaub genommen. Ihr Mann hatte OPs, die er nicht abgeben konnte.

Drei Männer und eine Frau standen vor der Tür und wiesen sich aus als Mitarbeiter der Kriminaltechnik aus Düsseldorf.

„Dürfen wir uns im Haus unsere Schutzanzüge anziehen?", fragte der Leiter der Gruppe.

So hatte Stefanie Seitl sich das vorgestellt, sie kannte die Prozedur aus zahlreichen Krimis. Ein faltbarer weißer Pavillon, zwei Klapptische und zahlreiche Zargesboxen. Auf dem Parkplatz zwei Mercedes Vito mit der Aufschrift ‚Kriminaltechnik Düsseldorf'. Wahrscheinlich würde auch noch ein Leichenwagen kommen. Das war ja ein toller Einstand in die Nachbarschaft. Hat aber auch was Gutes, überlegte Stefanie. So lernen wir schnell die Netten und weniger Netten kennen.

„Der Hund hat ganze Arbeit geleistet und die Fundstelle aufgelockert", freute sich ein Techniker.

„Die Umgebung wird schwieriger, da ist der Boden noch hart", stellte sein Kollege fest.

Dr. Müller saß unruhig im Wohnzimmer und guckte angespannt durch die große Schiebetür in den Garten zu den Kriminaltechnikern. Manchmal rannte er wie von der Tarantel gestochen durch das Wohnzimmer, sprang mit einem Satz über die Couch, lief ins Esszimmer, unter dem Tisch durch, in die offene Küche, wendete und spurtete zurück an die Scheibe der Terrassentür. Dort saß er dann wieder, hechelnd, mit heraushängender Zunge. Ab und zu provozierten die Kriminaltechniker diese Prozedur. Wenn einer von ihnen der Tür zu nahe kam und ihm ein kurzes „Wau wau" zufällig über die Lippen kam, rannte Dr. Müller wieder los.

In einem unbewachten Moment, als die Tür eine kurze Zeit offenstand, nutzte der Boxer seine Chance und schoss in den Garten. Genau auf das Loch zu, wo gerade die Männer in den weißen Schutzanzügen einige Knochen freigelegt hatten. Er schnappte sich den größten Knochen, der da lag, und rannte in die andere Ecke des Gartens. Einer der Techniker rannte hinterher. Er hatte keine Chance gegen den wendigen Hund. Auch als seine Kollegen zu Hilfe kamen, gelang es ihnen nicht, dem Hund den Knochen zu entwenden.

Mittlerweile waren Sarah und Vetten eingetroffen. Sie beobachteten das Schauspiel von der geschlossenen Terrassentür aus und konnten sich vor Lachen nicht halten.

„Wo ist hier die versteckte Kamera?“, grinste Vetten.

Sarah hatte ihr Handy gezückt und filmte das Schauspiel.

„Das ist was fürs nächste Polizeifest“, freute sie sich.

Sie hatte von einer Tiernahrungskette einen großen Kauknochen mitgebracht. Damit lockte sie den Boxer zu sich, nahm ihm seine Beute aus dem Maul und brachte ihn mit dem Kauknochen wieder ins Haus. Die Techniker waren außer Atem und brauchten erst einmal eine Pause.

Sarah und Vetten erkundigten sich nach dem Fortschritt der Arbeiten und ob eventuell erste Ergebnisse sichtbar waren. Es schien ein vollständiges Skelett zu sein. Leider waren die Knochen teilweise sehr angegriffen. Der Schädel wies mehrere Beschädigungen auf. Ob das alles forensisch relevant war, musste in Düsseldorf untersucht werden. Die sterblichen Überreste wurden in einen Leichensack gepackt und nach Düsseldorf in die Rechtsmedizin zu Karanastuso gebracht.

„Wat bringt ihr mir da Schönes? Hoffentlich schön sortiert und nummeriert, sonst könnt ihr den ganzen Krempel wieder zurückbringen. Woll“, sagte Karanastuso.

Sie mochte Knochenfunde nicht so gerne. Da gab es nichts zu schnibbeln, keine Essensreste im Magen und keine Suche nach Fremdstoffen im Blut, worüber sie so gerne referierte.

Die Kriminaltechniker ließen sich den Leichensack quittieren und übergaben eine Kopie der SD-Karte der Kamera, auf der alle Fotos vom Fundort gespeichert waren.

„Sonst nix?“, fragte Vetten die Kriminaltechniker, als sie ihm ebenfalls eine Kopie der SD-Karte aushändigten. „Keine nichtmenschlichen Teile?“

Natürlich waren Kleidung oder Modeschmuck nach längerer Zeit in der nassen Erde verrottet. Aber Gürtelschnallen, echter Schmuck oder Metallknöpfe konnten noch vorhanden sein, ebenso Kleidung aus manchen Kunststoffen oder Leder. Baumwolle oder Naturfaser dagegen war in der Regel nach einer bestimmten Zeit nicht mehr nachweisbar.

„Zuerst haben wir die Leichenteile geborgen. Morgen geht es weiter mit anderem Gerät. Dann suchen wir nach weiteren Beweisen“, klärte der KT-Mitarbeiter Vetten auf. „Aber sagen Sie den Leuten, die sollen auf den Hund besser aufpassen. Das ist ja grauenhaft und stört wahnsinnig.“

„Frau Dr. Karanastuso, wie geht es Ihnen in Frankensteins Gruselkabinett?“, frotzelte Vetten am nächsten Morgen, als er die Medizinerin telefonisch begrüßte. „Haben Sie schon etwas Neues für mich?"

„Danke für das Kompliment. Eigentlich sehe ich heute gar nicht so schlecht aus. Woll. Ja, wir haben was Neues für Sie. Das Neue ist, dass wir nicht viel haben. Es gibt zu viele Rätsel", offenbarte Karanastuso. „Das Skelett ist nicht vollständig. Dafür gibt es ein paar wenige Knochen, die nicht zu dem Skelett gehören. Sehr kleine Knochen. Wohl von der Wirbelsäule eines Babys."

Sarah hörte über Lautsprecher mit und war entsetzt.

„Heißt das, wir haben eventuell eine Tote mit ihrem Baby?", fragte sie.

„Kann sein. Die Tote war mit Sicherheit weiblich. Die kleinen Wirbelsäulenknochen könnten von einem Ungeborenen sein. Eventuell auch von einem neugeborenen Baby. So weit sind wir aber noch nicht. Da brauche ich mehr Zeit. Woll. Wir haben Glück, dass die Knochen von einer Lehmschicht umgeben waren. So fehlte Sauerstoff, um diese jungen Knochen zu zersetzen. Unter Humuserde wäre jetzt nichts mehr da."

Das ließ diesen Fall in einem ganz neuen Licht erscheinen. Vetten ging zum Leitenden, um sich weitere Untersuchungen der Gebeine genehmigen zu lassen. Die waren sehr aufwändig und kostspielig. So eine Entscheidung musste von höherer Stelle getroffen werden. Natürlich werden die Knochen auf Verletzungen untersucht, Schädelverletzungen, Verletzungen der Rippen durch Stiche oder Schüsse. Das war Vorschrift bei einem menschlichen Knochenfund. Hier, aufgrund der Babyknochen, wurde das ganz große Besteck benötigt.

„Wir brauchen das Alter. Wie lange lag die Tote da? War das eine Mutter mit ihrem Baby oder war die Tote schwanger? Wir brauchen die DNA, um durch Vergleiche eventuell die Identität bestätigen zu können", sagte Vetten zu seiner Kollegin.

Sarah war den ganzen Tag nachdenklich. Bei einer toten Frau und einem toten Baby zu ermitteln oder bei einer Schwangeren war nicht einfach. Trotzdem war sie Profi genug, um hier keine Emotionen zu zeigen. Sie rief in Düsseldorf in der Rechtsmedizinerin an, um die weiteren aufwändigen Untersuchungen zu beauftragen.

„Wie gehen Sie vor, Frau Professor?", fragte Sarah die Rechtsmedizinerin.

„Aus dem Knochenmaterial können wir durch eine molekulargenetische Untersuchung DNA-Material extrahieren. Dann machen wir eine Vergleichsanalyse. Wenn wir im Bestand unserer Datenbank passende DNA haben, ist die Identität eindeutig festgestellt. Woll. Mit dem Ungeborenen wird es schwieriger, vielleicht haben wir Glück und wir können die DNA des Vaters bekommen. Ich gehe davon aus, dass eure Tote schwanger war."

„Woraus schließen Sie das?", fragte Sarah interessiert.

„Es ist so: In der dreizehnten bis sechzehnten Schwangerschaftswoche beginnen die Knorpel des Skeletts sich in Knochen zu wandeln. Die Knorpel sind natürlich alle weg. Da ist nichts festzustellen nach dieser langen Zeit in der Erde. Bei einem Fötus wandeln sich als Erstes die Wirbelsäule, danach Arme und Beine in feste Knochen, dann folgen nach und nach Rippen, Füße, Hände usw. Da ist sehr wenig, was wir an Masse haben. Immerhin, wir haben Teile einer Wirbelsäule und stehen nicht bei Null da. Weil Teile der Wirbelsäule gefunden wurden ..."

„... war sie höchstwahrscheinlich schwanger und in der dreizehnten bis sechzehnten Schwangerschaftswoche", ergänzte Sarah die Ausführung der Institutsleiterin.

„Boh ey", Karanastuso konnte ihre Herkunft aus dem Ruhrpott nicht leugnen, „seid ihr schlau im Bergischen Land!"

Sarah musste lachen.

„Für das Postmortale Intervall ...", lehrte Karanastuso weiter.

„Was verstehe ich darunter?", unterbrach Sarah.

Die Professorin merkte, dass sie in Fachchinesisch abdriftete.

„Das ist die Liegezeit der Toten. Also, für die Liegezeitbestimmung zersägen wir einen Langknochen. Mit der Sägefläche wird eine UV-Fluoreszenz durchgeführt, mit dem entstandenen Knochenmehl beurteilen wir die Luminolreaktion. So können wir die Liegezeit auf zumindest das Jahr eingrenzen."

„Vielen Dank für die Lehrstunde", bedankte sich Sarah, „und wann werden wir die Ergebnisse haben?"

„Die ersten Ergebnisse am Freitagnachmittag, vielleicht am Vormittag", versicherte Karanastuso.

Inzwischen hatten die Kriminaltechniker die Erde weiträumig um die Fundstelle von links auf rechts und wieder von rechts auf links gedreht. Sie atmeten auf. Stefanie Seitl konnte Dr. Müller bei einer Bekannten abgeben, solange die Arbeiten nicht abgeschlossen waren. Es wurden keine weiteren Knochen gefunden. Sie fanden eine Gürtelschnalle, einen Anhänger und eine Schuhsohle aus Gummi. Alles wurde fotografiert, registriert und sorgsam eingetütet. Der Garten der Familie wurde wieder freigegeben und Nils durfte wieder Stöckchen werfen, die ihm Dr. Müller zurückbrachte.

Am nächsten Tag klingelte es bei Seitls. Dr. Müller lief bellend zur Haustür und Stefanie öffnete. Eine Nachbarin stand lächelnd vor ihr.

„Hallo, ich bin Melanie Langner, Ihre Nachbarin zwei Häuser weiter. Ich wollte Sie in der Nachbarschaft herzlich willkommen heißen und habe zur Begrüßung eine Flasche Sekt mitgebracht."

„Das ist sehr nett", erwiderte Stefanie, „kommen Sie rein. Bitte nicht umschauen. Hier sieht es wüst aus."

„Ach, das kenne ich. Das ist normal. Sagen Sie, was war da gestern bei Ihnen los?", fiel Frau Langner gleich mit der Tür ins Haus.

Ah, von daher weht der Wind, schoss es Stefanie durch den Kopf, das hat sich ja schnell herumgesprochen.

„Unser Hund hat Knochen im Garten ausgebuddelt, wahrscheinlich Tierknochen. Um sicherzugehen, was das ist, werden die untersucht", log Stefanie. Sie wollte nicht, dass breitgetreten wird, dass es sich um menschliche Knochen handelt.

Frau Langner ging mit der Sektflasche in der einen

und zwei mitgebrachten Gläsern in der anderen Hand zur Terrassentür. „Dort lagen die Knochen?“, fragte sie neugierig. Man sah das Loch und die Erdhaufen, wo die Kriminaltechniker gearbeitet hatten.

„Ja, da hinten.“

„Und das waren Tierknochen?“ Frau Langner schüttelte ungläubig den Kopf. An dem Unterton ihrer Frage merkte Stefanie sofort, dass die Nachbarin ihr nicht glaubte.

„Wie auch immer. Kommen Sie. Wir trinken einen Schluck auf eine gute Nachbarschaft. Ich habe auch zwei Gläser mitgebracht. Ich weiß ja nicht, ob Sie schon Sektgläser ausgepackt haben“, grinste sie.

Stefanie Seitl war das unangenehm und sie wollte diesen Besuch so schnell wie möglich loswerden, ohne unhöflich zu sein.

„Vielen Dank für das Angebot. Das ist sehr nett. Aber ich muss gleich noch nach Hilden zur Arbeit fahren. Wir werden, wenn es bei uns aufgeräumter ist, alle Nachbarn zu einem Fest einladen. Heute geht es wirklich nicht“, versuchte Stefanie, die aufdringliche Nachbarin abzuwimmeln.

„Kommen Sie, ein Schluck geht doch“, drängte Frau Langner.

„Nein, wirklich nicht. Ich muss noch Autofahren“, wies Stefanie das Angebot zurück.

„Na gut. Aber das müssen wir unbedingt nachholen.“

Stefanie war erleichtert, als die Nachbarin ging und sie die Haustür hinter ihr schließen konnte.

Eine neugierige Nachbarin habe ich kennen gelernt, schmunzelte Sie.

Frau Karanastuso gab sich die Ehre, nach Mettmann zu kommen, um am Freitagnachmittag ihre Ergebnisse zu präsentieren.

„Was führt Sie aus den Tiefen der Unterwelt in die heiligen Hallen des Kriminalolymps nach Mettmann, Frau Professor?“, scherzte Vetten.

„Ich wollte meine Ergebnisse persönlich vorstellen. Und anschließend möchte ich den Blotschenmarkt besuchen“, entgegnete Karanastuso. Ihre Freude lag wohl mehr auf Blotschenmarkt als auf Präsentation. Sie hatte sich schon lange auf einen Besuch des gemütlichen Weihnachtsmarktes in Mettmann gefreut.

„Bringen wir das Fachliche hinter uns. Wir haben mehrere Schädelfrakturen, die mit Sicherheit die Todesursache sind. Woll. Herbeigeführt durch mehrere Schläge mit einem stumpfen Gegenstand, einem schweren Hammer oder der Rückseite eines Beils. Wir haben kleinste oxidierte Eisenpartikel an den Schädelknochen gefunden. Einen Sturz auf eine Kante können wir ausschließen. Verletzungen an den Rippen durch einen Stich, Schuss oder Boxhieb haben wir nicht festgestellt.“

„Können Sie Angaben zu Alter und Liegezeit der Toten machen?“, fragte Sarah.

„Die Tote war keine Zwanzig, vielleicht achtzehn Jahre oder jünger. Sie war schwanger. DNA der Toten haben wir isoliert. Die bundesweite Vergleichsanalyse läuft noch. Die komplette DNA vom Vater des Ungeborenen haben wir noch nicht, nur einzelne Bruchstücke. Könnte eventuell noch klappen, dass ich Ihnen mehr geben kann.“

„Was ist mit dem postmortalen Intervall?“

Diesen Fachbegriff hatte Sarah sich gemerkt und würde ihn nie mehr vergessen.

Karanastuso lächelte Sarah an. „Irgendetwas um die dreißig Jahre, plus-minus zwei Jahre“, führte sie aus. „Ja, viel kann ich Ihnen zurzeit nicht sagen. Woll.“

„Vielen Dank, Frau Dr. Karanastuso. Damit haben Sie uns sehr geholfen. Wenn wir Vergleichs-DNA haben, kommen wir wieder auf Sie zu. Viel Spaß auf dem Blotschenmarkt“, verabschiedete Vetten den Gast.

„Eine Frage, Frau Professor“, fragte Sarah neugierig. „Nach welchem postmortalen Intervall kann Humanblut festgestellt und analysiert werden?“

Karanastuso freute sich über das Interesse der jungen Kommissarin. „Oh, das kann nach Jahrzehnten erfolgen. Manchmal werden Blut- oder Spermareste durch zum Beispiel Tischfüße oder Schränke, die die Spur verdecken, regelrecht mumifiziert, und können so zu einer ausführlichen Analyse genutzt werden. Gute Frage übrigens.“

Sarah merkte, dass ihr das Lob peinlich war, zumal inzwischen der Leitende anwesend war.

In Vettens Kopf dagegen ratterte es. Vor über 30 Jahren, er war gerade neu in der Direktion als junger Kommissar, hatte es einen Vermisstenfall in Mettmann gegeben. Er selbst hatte die Anzeige während einer Nachtschicht aufgenommen. Eigentlich waren alle Cold Cases digitalisiert, so bräuchte er nicht ins Archiv zu steigen. Und viel besser – wahrscheinlich waren diese Akten fallrelevant! Vetten war sich sicher, die Tote war Nicole von dem Berg, eine Schülerin, die vor 32 Jahren verschwunden war.

„Dieser Fall wird mein Fall. Den Fall löse ich, den Mörder schnapp ich mir“, schwor er sich.

Kapitel 5

Jörg Vetten legte sofort los.

„Sarah, weißt du, wie die Verkäufer des Hauses von Familie Seitl heißen?“, fragte er seine Kollegin.

„Warte, ich guck nach. Stern, Wolfgang und Manuela Stern.“

„Hast du eine Adresse?“

„Die sind nach Erkrath gezogen“, recherchierte Sarah, „in die Nähe vom Friedhof, am Römerweg.“

„Lass uns da mal heute noch hinfahren. Das sind unsere ersten Zeugen. Vielleicht haben die sogar was mit der Toten zu tun. Wäre zu schön.“

Familie Stern wohnte in einer hübschen ebenerdigen Dreizimmerwohnung in einem Haus mit vier Einheiten. Sie hatten diese Eigentumswohnung gekauft. Das Ehepaar war erschrocken, als die Kripo vor der Haustür stand.

„Kommen Sie rein. Was verschafft uns die Ehre?“, fragten die beiden überrascht.

„Sie sind vom Erlenhain vor Kurzem hierher gezogen?“, fragte Sarah.

„Ja, das Haus wurde uns zu groß, und wir konnten es nicht mehr unterhalten. Ist etwas damit?“, fragte Frau Stern.

„Leider ja. Im Garten Ihres ehemaligen Hauses sind menschliche Knochen gefunden worden. Die Knochen stammen wahrscheinlich von einer jungen Frau, die vor zweiunddreißig Jahren verschwunden ist“, erzählte Sarah, während Vetten die beiden beobachtete.

„Das ist ja entsetzlich!“, rief Wolfgang Stern. „Wir

haben 27 Jahre da gewohnt. Unsere Kinder haben da gespielt."

„Wann haben Sie dort gebaut? Wann sind Sie eingezogen?", fragte Sarah.

„1995. Es war eines der letzten zwei freien Grundstücke im Erlenhain. Am Ende einer kleinen Stichstraße", antwortete Herr Stern. „Das Haus wurde sehr schnell fertig und wir sind im selben Jahr eingezogen."

„Ist Ihnen nichts Besonderes im Garten aufgefallen?"

„Nein, wir haben dort nie etwas Ungewöhnliches gefunden. Das hätten wir sofort gemeldet", antwortete Frau Stern.

„Wo im Garten wurden die Knochen gefunden?", fragte Stern.

„Neben einem großen Jasminstrauch", antwortete Sarah.

„Den hat mein Mann, nachdem wir eingezogen sind, selbst gepflanzt", rief Frau Stern entsetzt.

Wolfgang Stern ging an einen Schrank und blätterte in einem Aktenordner. „Hier ist der Kaufvertrag über das Grundstück und der Werksvertrag mit dem Bauunternehmer. Das war 1995." Er wirkte erleichtert. Er hielt den Beweis in der Hand, dass die Tote lange vor seiner Zeit dort vergraben worden sein musste.

„Keine Angst, wir haben niemanden verdächtigt. Wir müssen natürlich allen Spuren nachgehen und Zeugen finden, falls das nach so langer Zeit noch möglich ist. Wir fragen Sie auch nicht nach einem Alibi", lächelte Sarah.

„Das können Sie ruhig machen. Wir wohnten die zehn Jahre zuvor in der Nähe von Stuttgart", lieferte

Manuela Stern schnell das Alibi.

Die restliche halbe Stunde verbrachten die vier mit Small Talk. Manuela Stern konnte sich kaum beruhigen, dass die Knochen ausgerechnet neben dem Jasminstrauch gefunden worden waren, den ihr Mann Wolfgang vor vielen Jahren gepflanzt hatte.

„Irgendwie bin ich erleichtert, dass diese sympathischen Leute nichts mit dem Knochenfund zu tun haben“, sagte Sarah auf der Rückfahrt zum Büro.

„Ja, aber weiterhelfen konnten sie nicht“, grübelte Vetten. „Also abtauchen in die Vergangenheit. Was geschah im Jahr 1990?“

Auf der Rückfahrt bat Sarah ihren Chef, sie in der Innenstadt abzusetzen. Sie wollte dort noch etwas erledigen.

Das war nicht ganz korrekt. Sie wollte jemanden treffen und suchte diese Person auf dem Blotschenmarkt. Jedes Jahr findet dieser traditionelle Weihnachtsmarkt rund um die St. Lambertuskirche in der Mettmanner Oberstadt statt. Mettmanner Vereine, karitative Institutionen und einige kommerzielle Firmen verkaufen Glühwein, kulinarische Leckereien oder Kunsthandwerk. Einer der gemütlichsten Weihnachtsmärkte in ganz Nordrhein-Westfalen.

Sarah schlenderte an den Buden vorbei und genoss die intensiven Gerüche nach Glühweingewürz, Weihnachtsgebäck und frittierten Leckereien. Schließlich entdeckte sie die Person, die sie zu treffen hoffte. An dem Glühweinstand des Mettmanner Sportvereins stand Frau Prof. Dr. Sabine Karanastuso.

Mit einem Becher Glühwein in der Hand unterhielt sie sich angeregt mit einigen Walkern, die ihre Walkingrunde mit einem Glühwein ausklingen ließen.

„Frau Paulsen!“, rief Karanastuso erfreut, als sie Sarah entdeckte. „Schön, Sie hier zu treffen. Darf ich Sie zu einem Glas Glühwein einladen. Sie sind doch ohne Auto hier? Woll.“

„Ja gerne. Mein Freund holt mich nachher ab.“

Es entstanden intensive Gespräche, auch mit den Walkern. Einige der Sportler wohnten im Erlenhain und erzählten Sarah vieles über das Wohngebiet.

Karanastuso berichtete Sarah über ihre Arbeit und Sarah war eine aufmerksame Zuhörerin. Nach dem dritten Glühwein bot die Professorin ihr das ‚du‘ an. Offensichtlich beruhte die Sympathie, die Sarah für die Gerichtsmedizinerin empfand, auf Gegenseitigkeit.

„Leider gibt es hier keinen Ouzo zum Anstoßen. Aber mit Glühwein geht das auch. Ich bin Sabine. Prost! Woll.“

„Sarah. Prost“, antwortete Sarah angenehm überrascht und musste lachen.

„Bevor du es von Dritten hörst, erzähle ich dir meinen Spitznamen in der Branche. *Karanastuso, ich trink Ouzo.* Ich finde diesen Spruch ganz lustig. Nicht, dass du denkst, ich bin dem Alkohol zu stark zugeneigt. Manchmal, wenn da jemand auf meinem Tisch liegt und ich schaue in die Abgründe des Lebens, tut so ein kleiner Schluck nach der Autopsie gut.“

„Das verstehe ich. Ich mache Sport zum Ausgleich, Kickboxen, dabei kann ich gut abschalten“, sagte Sarah.

„Der Ouzo ist nicht zum Abschalten und Ausgleich. Das wäre ja schlimm. Zum Abschalten mache ich Yoga.

Dabei kann ich wunderbar entspannen. Nach jeder Stunde fühle ich mich wie neugeboren“, ergänzte Sabine.

Die beiden erzählten viel an dem Abend über sich, und nicht nur Dienstliches. Sarah war glücklich, dass sie diesen Schritt auf ihre Kollegin zugegangen war.

Kapitel 6

Sebastian Gollenberg betrat mit einer jungen Frau das Büro von Vetten und Sarah.

„Guten Morgen, ihr zwei. Ich bringe euch Leonie Braun, die Schulpraktikantin vom HHG. Leonie, das sind Sarah Paulsen und Jörg Vetten, zwei unserer Kommissare. Sie sind in den nächsten drei Wochen Ihre Ansprechpartner während des Schulpraktikums. Ich hatte sie euch ja schon angekündigt. Zeigt ihr hier alles, was wichtig ist, damit sie sich im Gebäude nicht verläuft."

„Willkommen, Fräulein Braun. Wir wollen schauen, wie wir Sie hier unterbringen." Vetten konnte seine Enttäuschung schwer verbergen, dass der Leitende es tatsächlich wahrgemacht hatte, die Praktikantin in sein Team zu geben.

„Hallo Leonie, willkommen bei der Kripo", begrüßte Sarah sie freundlich. „Ich mache eh gleich Mittagspause, bei der Gelegenheit kann ich dir das Gebäude zeigen."

Leonie war sechzehn Jahre alt, sah aber älter aus. Sie schien nicht schüchtern zu sein und stellte Sarah viele Fragen. Sie trug Sneaker wie Sarah und eine Jeans, die an beiden Knien einen großen Riss hatte.

Die beiden machten sich auf den Weg durch das ovale Gebäude.

„Werde ich mitgenommen zu Einsätzen?", fragte Leonie interessiert.

„Nein, das geht nicht. Auch bei Vernehmungen wirst du nicht dabei sein können. Wir werden dich sicher bei den einen oder anderen Recherchen gut einsetzen können. Hier sind unsere Arrestzellen, zur Ausnüchterung oder Gewahrsam nach Straftaten. Willst du mal rein? Es ist interessant, das Geräusch zu hören, wenn die Tür verriegelt wird."

„Ja, gerne", freute sich Leonie.

„Hui, das ist gruselig, wenn der Schlüssel umgedreht und der Riegel vorgeschoben wird. Das ist ein hässliches Geräusch", schauerte es sie.

„Pass auf, dass du nie im echten Leben damit Bekanntschaft machst", lachte Sarah.

„Nein, das habe ich nicht vor", bestätigte die Schülerin.

„Hier die Treppe runter geht es zu unserem Schießstand", Sarah deutete auf die breite Treppe in den Keller. „Der ist total abgeschirmt und du kannst von außerhalb nicht hören, wenn geschossen wird."

„Darf ich auch einmal schießen?", fragte Leonie neugierig.

„Das wird nicht möglich sein", erklärte Sarah bestimmt. „Selbst zusehen dürfen wir dir nicht gestatten."

In der Kantine erzählte Sarah der Praktikantin Vieles über ihre Arbeit. Natürlich belehrte sie Leonie über ihre Kompetenzen, Sicherheit und Unfallschutz.

Sarah aß einen Salat. Sie war in Vorbereitung für die Qualifikation zur Deutschen Meisterschaft, wo sie unbedingt teilnehmen wollte. Neben ihrem Training zählte auch die Ernährung zu den wichtigen Bausteinen für eine erfolgreiche Teilnahme. Sportmediziner hatten für sie einen Ernährungsplan erstellt. Leonie nahm sich ebenfalls einen Salat. Sie war Veganerin und freute sich, dass es in der Kantine

Speisen für ihren Lebensstil gab.

„Falls du Sachen über Personen erfährst – und das wird hier, beabsichtigt oder unbeabsichtigt, passieren –, darfst du auf keinen Fall mit Dritten darüber sprechen“, belehrte Sarah weiter.

„Das ist klar, und ich bin froh, dass ich überhaupt bei Ihnen das Praktikum machen darf“, bestätigte die Sechzehnjährige.

„Wie ist das mit Ihrem Sport?“, fragte Leonie nach. „Wie oft trainieren Sie? Und wo kann man das ausüben?“

„Du kannst ruhig du sagen. Die meisten duzen sich hier. Ich trainiere fast täglich nach Dienstschluss. Interessiert dich das?“

„Ja, das würde ich gerne ausprobieren.“

„Ich mache mich schlau, wann die Jugendlichen trainieren. Da kannst du bestimmt mitkommen und ein Probetraining machen.“ Sarah freute sich über das Interesse der Schülerin.

Nach der Pause erklärte Sarah der Praktikantin, wie die Kreispolizeibehörde organisiert war. Vetten war vertieft in seinen Computer, wo er die Seiten der Software eCEBIUS aufgerufen hatte. Er verschlang alle Informationen über die vermisste Nicole von dem Berg und die Ermittlungen im Jahr 1990.

„Wie lange bist du schon bei der Polizei?“, fragte Leonie und blickte Vetten dabei an.

Der Hauptkommissar war irritiert, dass die Praktikantin ihn meinte. Er fühlte sich nicht angesprochen, weil die Sechzehnjährige ihn gedutzt hatte. Erst nach einem Moment reagierte er. „Seit über dreißig Jahren. Wir sollten es bitte beim Sie belassen.

Ich bin Herr Vetten, mit Hauptkommissar müssen Sie mich ja nicht unbedingt ansprechen, Fräulein Braun", sagte Vetten mürrisch und vertiefte sich wieder in seine Akten.

Leonie nahm das locker hin. „Ist in Ordnung, Herr Vetten."

„Das kann ja lustig werden", dachte Sarah und schmunzelte. „Er ist halt von der alten Schule."

Zweiter Teil

1989/1990

Kapitel 7

Klaus Kapteiner saß auf der Eckbank in der Küche seiner Eigentumswohnung in Dortmund-Eving. Er genoss das ausgiebige Frühstück mit seiner Frau Elke am Wochenende. In der Woche hatte er wegen seiner Arbeitsstelle in Ratingen keine Zeit dafür. Er hatte gerade das Frühstücksei geköpft und las interessiert eine ganzseitige Anzeige in der Tageszeitung.

„Schau mal, Schatz, in Mettmann-Metzkausen wird ein Neubaugebiet erschlossen, mit 160 Einheiten. Reihenhäuser, Doppelhaushälften und Einfamilienhäuser“, las Klaus vor. „Alle von unterschiedlichen Bauträgern.“

„Klingt gut. Das ist nicht so ein Einheitsstil und wird bestimmt hübsch“, sagte Elke. „Lies einmal vor.“

Auch wenn Elke interessiert schien, war sie nicht so glücklich über einen Umzug. Ihr war klar, dass die Familie in die Nähe von Klaus‘ Arbeitgeber ziehen musste. Ein kleines bisschen wehmütig und traurig war sie dennoch.

„Ein reines Wohngebiet. Bäcker, Metzger, Lebensmittelladen und alle Schulen in unmittelbarer Nähe.“, versuchte Klaus seiner Frau das Immobilienangebot schmackhaft zu machen.

Die beiden suchten schon längere Zeit ein Haus im Großraum Düsseldorf. Klaus fuhr jeden Morgen von Dortmund nach Ratingen, wo er bei einer

Computerfirma arbeitete. Der Verkehr auf der Autobahn ging ihm langsam, aber sicher auf den Keks. Er kannte den Stau auf der A40 so genau, dass er wusste, an dem Überholverbotsschild für LKW muss ich die Spur wechseln, weil es auf dieser Spur schneller läuft. Er kannte sogar einige Autos und die Gesichter der Fahrer, die mit ihm in Richtung Essen unterwegs waren. Man grüßte sich bereits. Lästerer nannten die A40 Deutschlands längsten Parkplatz. Abends brauchte Klaus eine gute halbe Stunde, bis er sich von der Autofahrt nach Hause akklimatisiert hatte. Die neue Strecke von Metzkausen nach Ratingen zu seinem Arbeitgeber wäre nur noch zwölf Kilometer lang.

„Das wird bestimmt schön, in dem neuen Haus und der neuen Umgebung“, freute sich Klaus. „Pass auf Schatz, da treffen lauter Leute aufeinander, die sich alle einen neuen Freundeskreis aufbauen müssen. Die meisten sind in unserem Alter und haben Kinder im Alter von Sofie-Marie. Da finden wir, insbesondere Sofie-Marie, sehr schnell Anschluss. Und es finden sich Cliquen, und ein weiterer will gerne in die Clique rein. Einer aus der Clique kann den aber nicht leiden, und macht Politik gegen ihn. Oder zwei Paare mögen sich und fahren gemeinsam in den Urlaub. Sie kommen total zerstritten wieder zurück. Oder besser: Die machen Partnertausch.“

Er musste bei dieser Vorstellung herzhaft lachen.

Klaus scheint bereits in eines der Häuser eingezogen zu sein, dachte Elke und blickte skeptisch.

Klaus bemerkte Elkes Blick nicht und fuhr fort: „Auf diesen Dorftratsch bin ich gespannt. Weißt du eigentlich, Schatz, dass über 30 Prozent aller Ehen in den ersten Jahren wieder geschieden werden? Ein Drittel der Häuser, die da entstehen, wird in den nächsten Jahren wieder verkauft, weil die getrennten Paare ihre Immobilie nicht halten können."

„Na hoffentlich gehören wir nicht zu diesen 30 Prozent", lachte Elke.

„Wenn du schön lieb zu mir bist, dann nicht", grinste Klaus zurück.

Elke nahm ein Kissen vom Stuhl neben der Eckbank und schlug es sanft nach Klaus.

„Und Verbrechen wird es geben. *‚Frau schlägt mit Kissen nach Ehemann'* wird in der BILD stehen", lachte Klaus, und warf das Kissen zurück. Sie war eine schlechte Fängerin und es landete auf dem Frühstückstisch. Zum Glück war die Kaffeetasse leer, die bei dem missglückten Fangversuch umkippte.

Elke bedauerte, dass sie ihr Ehrenamt beim Kinderschutzbund in Dortmund aufgeben musste.

„Dein Ehrenamt kannst du bestimmt in Mettmann wieder aufnehmen. Den Verein gibt es überall."

Das Neubaugebiet rechts der Hasseler und Homberger Straße, am alten Feuerwehrturm in Mettmann-Metzkausen, wurde Erlenhain genannt. Ursprünglich hatten es Japaner als Ackerland gekauft, um Gemüse anzubauen. Letztendlich verkauften die Eigentümer es als Bauland mit großem Gewinn weiter. Hier sollten 160 frei stehende Häuser, Doppelhaushälften und Reihenhäuser entstehen. Eine Vermarktungsgesellschaft suchte Bauträger, die Häuser errichten sollten, und Kaufinteressenten für die Grundstücke. Ein Hamburger Bauriese erschloss das ganze Gelände als Bauland. Nach kompletter Fertigstellung aller Häuser plante der Vermarkter eine vierwöchige Ausstellung, in der alle Häuser besichtigt werden konnten. Danach hätten die Eigentümer ihre Häuser beziehen dürfen. Es verzögerten sich viele Bauten, einige Bauunternehmer meldeten Konkurs an und nicht alle Grundstücke fanden einen Käufer. So wurde nichts aus der Ausstellung. Die Häuser wurden peu à peu fertig und von den neuen Eigentümern bezogen.

Die Käufer der Grundstücke im Erlenhain zählten sich zum gehobenen Mittelstand. Mit 310 DM/qm waren die Grundstücke nicht gerade preisgünstig. Die alteingesessenen Metzkausener leisteten zu Anfang erheblichen Widerstand gegen die Neubausiedlung. Sie nannten die Siedlung spöttisch Kängurusiedlung – mit leerem Beutel große Sprünge machen.

Die große Baufirma hatte die Infrastruktur mit Strom, Gas und Wasser pünktlich erschlossen, die Straßen und Wege waren noch nicht fertiggestellt. Zum November 1989 wurden bereits einige Häuser fertig und die ersten Familien zogen ein. Das wichtigste Utensil waren Gummistiefel. Es war fürchterlich matschig. Das nahmen die Eigentümer aber in Kauf, sie wollten unbedingt Weihnachten in den eigenen vier Wänden feiern.

Der typische Häuslebauer in Deutschland war zwischen dreißig und vierzig Jahre alt, verheiratet, hatte statistisch gesehen 1,4 Kinder und beide Eltern waren berufstätig. Das galt auch für das Neubaugebiet in Metzkausen. Wie Familie Kapteiner kamen die Bauherren aus der näheren oder weiteren Umgebung und alle mussten sich einen neuen Freundeskreis aufbauen.

Auch Familie von dem Berg baute im Erlenhain ein Haus. Dr. med., Dr. med. dent. Franz von dem Berg war Kieferorthopäde und Chirurg. Seine Frau Beate organisierte die beiden Praxen in Düsseldorf an der Kö und in Wuppertal. Ihre Töchter, die sechzehnjährigen eineiigen Zwillinge Nicole und Tanja, besuchten das Heinrich-Heine-Gymnasium in der zehnten Klasse.

Der vierzigjährige Arzt hatte mit 550 Quadratmeter eines der größeren Grundstücke in dem Neubaugebiet. Er wollte keine Nähe zu Nachbarn, die sich nur eine Doppelhaushälfte oder gar nur eine Reihenhausscheibe leisten konnten. Für ihn war das Wort Doppelhaushälfte schon ein Widerspruch in sich. Deshalb besaß er eines der wenigen frei stehenden Einzelhäuser in der Siedlung Erlenhain.

Viele neue Freundschaften wurden geschlossen und man traf sich zum Feiern. Nicht so von dem Bergs. Wenn der Arzt mit seinem neuen 12-Zylinder-Mercedes SL R129 durch die Siedlung fuhr, war ein kurzes Kopfnicken schon viel an Gruß für einen Nachbarn. Er zeigte deutlich, dass er sich für etwas Besseres hielt.

Die pubertierenden Zwillinge grenzten sich von den Eltern ab und suchten sich ihre eigenen Wege.

„Schau dir das an. Die Tochter von dem Arzt“,

lästerte Elke Kapteiner. „Die hat sich vom Vater eine Krawatte geliehen und trägt sie als Minirock."

„Na, da würde ich nicht um Hilfe rufen, wenn die mich verfolgen würde", lästerte Klaus und erntete einen bösen Blick seiner Frau.

Klaus schüttelte den Kopf. „Wenn wir Männer das sagen, ist das sexistisch. Aber ihr Frauen wollt Richard Gere nicht von der Bettkante werfen. Ich fordere Gleichberechtigung", grinste er.

„Das ist was anderes", entgegnete Elke knapp.

Die beiden Zwillingsschwestern hatten wenig Kontakt in der Nachbarschaft. Es gab allerdings auch kaum Gleichaltrige in der Siedlung. Die meisten Kinder waren erheblich jünger. Nicole und Tanja waren sich optisch so ähnlich, dass selbst ihre Eltern sie verwechselten. Charakterlich waren sie aber so unterschiedlich, wie es kaum ging. Nicole nahm jede Feier mit, kam erst nach Hause, wenn es hell war. Sie kleidete sich auffallend und servierte ihre Freunde am laufenden Band ab. Es waren viele Jungs hinter ihr her und sie konnte sich ihre Freunde aussuchen, was sie auch tat. Tanja war anders. Natürlich ging sie auf Partys. Aber sie trank keinen Alkohol und wusste, wann Schluss war. Sie konnte sehr gut beurteilen, wann es ausarten würde, und machte sich vorher auf den Heimweg. Tanja wollte Sozialpädagogik studieren und einen sozialen Beruf ergreifen. Der Vater fand das unmöglich. Für ihn war das ganze Sozialwesen überflüssig. Er behandelte ausschließlich Privatpatienten in seiner Praxis.

Im Frühjahr hatte sich Familie Kapteiner einen Jack-Russel-Terrier angeschafft - Heidi. Die junge Hündin war verspielt und erkundete die Nachbarschaft. Es kam, wie es kommen musste. Eines Sonntagnachmittags stand von dem Berg mit dem Hund an einem Strick vor der Tür von Kapteiners und klingelte Sturm.

„Ich bin Dr. Dr. von dem Berg!“, schimpfte er ohne Vorwarnung, als die Tür geöffnet wurde. „Ihre Töle hat bei mir Hausfriedensbruch begangen.“

„Kommen Sie erst einmal rein und beruhigen sich“, antwortete Kapteiner überrascht.

Von dem Berg hatte sich in Rage geredet und einen hochroten Kopf. „Ich werde Sie auf Schadensersatz verklagen. Da sind Hundespuren auf meinem neuen englischen Rollrasen“, rief er noch lauter.

Er versetzte dem Hund einen Tritt, dass dieser laut jaulend in den Hausflur flüchtete.

„Na, na, Herr Doktor. Als Akademiker sollte man gewisse Benimmregeln kennen.“

„Wollen Sie mich belehren?“, keifte der Nachbar.

Seine Stimme überschlug sich beinahe.

„Sie hören von meinem Anwalt.“

Mit diesen Worten drehte sich der Arzt um und eilte zu seinem Haus zurück.

Es war der erste schöne sonnige Tag in diesem Jahr. Also hatte Kapteiner einige Nachbarn zu einem gemütlichen Bier auf der Terrasse eingeladen.

„Habt ihr das gehört? Der Vollhorst ist wohl zu heiß gebadet worden“, versuchte Klaus sich abzureagieren, was ihm aber nicht gelang.

„Wenn ich das in meinem Club erzähle“, lachte einer

der Gäste.

„Da habt ihr ja richtig Glück mit euren linken Nachbarn", ergänzte der Nächste.

So war das Gesprächsthema für den Nachmittag unfreiwillig gefunden.

„Aus so einem Klobrillenbart kommt viel Scheiße durch", lästerte ein weiterer Nachbar und nahm einen großen Schluck aus seiner Bierflasche. Tatsächlich trug von dem Berg eine Kombination aus Oberlippen- und Kinnbart, die abfällig als Klobrillenbart bezeichnet wurde. Alle lachten herzlich und Klaus Kapteiner fühlte sich schon etwas besser.

„Irgendwie tun die beiden Kinder mir leid. Ich sehe die niemals mit den Eltern Unternehmungen machen", setzte Klaus die Unterhaltung fort.

„Und die Kinder suchen sich Vater- oder Muttterersatz. Und manchmal geraten sie dabei an die falschen Leute. Ich habe das lange in meiner Arbeit beim Jugendamt miterleben müssen. Diese ganzen verhaltensgestörten Kinder. Die sind so geworden, weil sie keine Liebe erfahren haben. Eigentlich hätten die Eltern ins Heim gehört und therapiert werden müssen", ergänzte Elke Kapteiner.

Als es kühler wurde, löste sich die kleine Gemeinschaft auf, mit dem festen Vorsatz, solche spontanen Treffen zu wiederholen.

„Siehst du, Schatz, der Tratsch fängt an. Unser erstes Opfer ist unser Nachbar. Der ist selber schuld dran. Er hätte sich ja zu uns setzen können."

Es war in der Woche nach Ostern. Ein fürchterlicher Krach schallte aus dem Nachbarhaus.

„Was ist das denn für eine Lautstärke?", rief Elke Kapteiner. Sie hatte beobachtet, wie die Eltern der Zwillinge mit Koffern weggefahren waren.

„Die beiden müssen wohl allein zu Hause sein und die Musik laut aufgedreht haben."

„Da grölen ein paar andere Stimmen zur Partymusik", ergänzte Klaus.

„Das ist ja herrlich. Die Eltern sind weg, die Früchtchen haben sturmfreie Bude und lassen die Sau raus."

„Da sind sogar ein paar Punks dabei. Ihre Irokesenfrisuren sind echte Kunstwerke."

„Na, das kann ja heiter werden mit der Musik."

Mittlerweile war es zweiundzwanzig Uhr.

„Ich muss morgen früh raus und alles für meine Präsentation vorbereiten. Mal schauen, wie lange das dauert und wann Ruhe ist, dass ich einschlafen kann", maulte Klaus.

Es ging bis morgens um vier. Die Charts rauf und runter. Und ständig die Toten Hosen mit „Hier kommt Alex".

Das war zwar auch sein Musikgeschmack, aber Klaus Kapteiner hatte sich Watte in die Ohren gesteckt und das Schlafzimmerfenster geschlossen, um wenigstens etwas Schlaf zu bekommen. Irgendwann nach Mitternacht stritten sich lautstark einige Kerle auf der Straße und irgendein Nachbar rief die Polizei.

Am nächsten Morgen bemerkte Klaus, dass die Feier den beiden Teenies entglitten war. Vor seiner Garageneinfahrt lagen lauter leere Bier- und Rotweinflaschen.

Klaus musste erst ein bisschen aufräumen, bevor er

sein Auto rausfahren konnte. Er betrachtete das Etikett einer der Flaschen genauer. Klaus war kein Weinkenner, aber dass diese Flasche Château Lafite-Rothschild wohl kaum unter 1000 Mark zu haben war, das wusste er.

„Schatz, die haben dem Arzt den Weinkeller geplündert. Schau, die hier kostet bestimmt vierstellig“, rief er seiner Frau zu, die in der Küche hantierte, und zeigte ihr die Flasche durch das Fenster. „Da wird sich unser Nachbar aber freuen, wenn er nach Hause kommt. Die Typen haben den Wein bestimmt mit Cola gemischt.“

„Wahrscheinlich haben die das ganze Haus vollgekotzt und alle Gardinen stinken nach Qualm“, grinste Elke.

„Hoffentlich erleben wir so etwas mit Sofie-Marie nicht auch einmal.“

„Nein, so teuren Wein können wir uns bei unseren Gehältern nicht leisten“, rief Klaus, bevor er ins Auto stieg, um nach Ratingen zur Arbeit zu fahren.

Elke ging hinüber zu den Nachbarn, die in der anderen Doppelhaushälfte wohnten.

„Habt ihr das letzte Nacht auch gehört?“, fragte sie.

„Ja, und wir haben die Polizei angerufen“, schimpfte die Nachbarin. „Irgendwann muss Schluss sein.“

„Die eine der beiden war wohl die Federführende. Die andere ist vernünftiger. Aber frag mich nicht, wer wer ist. Die sehen sich sowas von ähnlich.“

Kapitel 8

Der Sommer kam mit riesigen Schritten. Die Ferien starteten Mitte Juni und die Fußball-WM in Italien war seit einer Woche in vollem Gange. Viele Bewohner der Erlenhainsiedlung schauten gemeinsam die Übertragungen und die Euphorie über die deutsche Nationalmannschaft wuchs mit jedem Spiel. Die deutschen Fußballer gewannen im Halbfinale gegen die Engländer und erreichten das Endspiel. Der Gegner waren Maradonas Argentinier.

Das Spiel um den dritten Platz am Samstag wurde mit einer riesigen Feier auf einer Großleinwand übertragen. Zum Endspiel folgte eine größere Party. Das ganze Wochenende war Mettmann im Ausnahmezustand.

Von dem Berg hatte mit Fußball wenig am Hut. Ihn interessierte die Währungsunion mit der ehemaligen DDR. DDR-Bürger konnten zum ersten Mal an diesem Wochenende Bargeld und Sparguthaben von Ostmark in D-Mark umtauschen. Er witterte hier ein Geschäft, indem er eventuell in Ostdeutschland billig eine Praxis übernehmen konnte. Er war den ganzen Tag am Telefon, um Informationen zu sammeln. Seine Frau Beate war auch nicht fußballinteressiert. Sie schaute sich die Übertragung des Konzerts der drei Tenöre Pavarotti, Domingo und Carreras aus den Caracalla-Thermen in Rom an. Die Eltern der Zwillinge bekamen nicht mit, wie die beiden Teenager das Haus am Samstag verließen, um in der Stadt zu feiern. Auch am Sonntag bekamen sie ihre Töchter nicht zu Gesicht. Es war nicht ungewöhnlich, dass die beiden nicht am Familienleben teilnahmen, lange schliefen und abends wieder unterwegs waren. Es waren Sommerferien und obendrein Wochenende.

„Morgen!", rief Tanja verschlafen ihrer Mutter am Montagmittag zu. „Gibt's was zu essen?"

„Guck in den Kühlschrank und mach dir was. Ich muss gleich in die Praxis. Hast du Nicole gesehen?", fragte ihre Mutter.

„Schläft wohl noch", war Tanjas kurze Antwort.

Vater von dem Berg war am Montag früh für zwei Tage nach Leipzig geflogen, um sich eine Praxis anzusehen. Abends kehrte Beate abgespannt aus Düsseldorf zurück. Wenn ihr Mann nicht in der Praxis anwesend war, machte sie sich selbst Stress.

„Habt ihr was zu essen vorbereitet?", fragte sie Tanja.

„Nö, war nix im Kühlschrank", antwortete sie kurz.

„Geh zu Manolito Pizza holen. Ich will Schinken, Champignons, Salami. Du sicher Bolognese. Und frag Nicole, was sie will."

Manolito war die Pizzeria am Heinrich-Heine-Gymnasium und zu Fuß in fünf Minuten zu erreichen. Die Pizzeria war ein großes Ärgernis für die Lehrer und den Hausmeister der Schule. Die Schüler verließen das Schulgelände in den Pausen, um sich bei Manolito mit Pizza oder anderen Teigwaren einzudecken. Manchmal kamen Lehrer zur Kontrolle. Manolito ließ die Schüler dann durch einen Hinterausgang hinaus, damit sie nicht entdeckt wurden. Der Schulleiter hatte Strafen angedroht, wenn das Verbot, den Schulhof zu verlassen, nicht eingehalten wurde. Trotzdem sahen es die Schüler als ein Spiel an, den Lehrern auf der Nase zu tanzen.

„Nicole ist nicht da!", rief Tanja. „Weißt du, wo sie ist?"

„Woher soll ich das wissen, ich bin gerade erst nach Hause gekommen. Nicole, was willst du für eine Pizza?", rief Beate so laut, dass man es in jedem Hauswinkel hören konnte. Als keine Reaktion erfolgte, schickte sie Tanja los zur Pizzeria.

„Bring Nicole mit, was sie mag. Dann muss sie halt 'ne kalte essen, wenn sie nach Hause kommt. Nimm das Geld aus meinem Portemonnaie."

„Ich nehm' mir ein bisschen mehr raus, dann kann ich Nicoles Schulden bei Manolito bezahlen.", rief Tanja, bevor sie ging.

Sicher ist Nicole wieder bei der Familie mit dem kleinen Baby zum Babysitten, dachte Beate von dem Berg.

Langsam, aber sicher ging ihr das auf den Wecker. Zweimal, manchmal dreimal in der Woche war sie da.

Haben diese Leute keine Verantwortung und müssen die ihr Kleinkind so oft allein lassen? Wenn man sich ein Kind anschafft, weiß man doch, dass man nicht mehr alles unternehmen kann, fragte sie sich. Sie nahm sich fest vor, mit den Eltern einmal ein ernstes Wort zu sprechen.

Abends um elf Uhr lag Nicoles Pizza immer noch unangetastet im Kühlschrank.

„Weißt du, wo Nicole ist?"

Beate hatte das Zimmer von Tanja betreten und fragte ihre Tochter, die gerade im Begriff war, ins Bett zu gehen.

Tanja schüttelte den Kopf.

„Ist sie wieder bei diesen verantwortungslosen Eltern zum Sitten?"

„Keine Ahnung. Ich habe sie seit Längerem nicht gesehen."

„Weißt du, wie die Typen mit dem Baby heißen und wo die wohnen? Oder hast du die Telefonnummer?"

„Nee, nicht genau. Irgendwo da hinten, wo mein Deutschlehrer wohnt", überlegte Tanja.

Beate ging zum Telefon und rief trotz der späten Stunde Tanjas Lehrer an. Sie fragte ihn nach den Nachbarn mit dem kleinen Baby. Der Lehrer konnte ihr Namen und Telefonnummer der Leute nennen.

Beate machte sich Sorgen und rief die jungen Eltern umgehend an. Denen werde ich schon ein paar Töne erzählen.

„Wie bitte? Sie kennen meine Tochter Nicole nicht? Sie hatten nie einen Babysitter für Ihr Baby! Sie würden Ihren Sohn in diesem Alter nie allein lassen! Ja, vielen Dank, und entschuldigen Sie die späte Störung."

Das Gespräch war total anders verlaufen, als Beate sich das vorgestellt hatte. Was war das denn? Sie war verwirrt. Sie vertraute ihrer Tochter. Eine Mutter stellt immer sich vor ihr Kind. Aber es gab auch keinen Grund, diesen Eltern nicht zu glauben, wenn sie sagen, sie würden Nicole nicht kennen.

Aufgeregt rief sie ihren Mann im Hotel in Leipzig an, der sich verschlafen meldete. Sie schilderte ihm das Verschwinden der Tochter und das angebliche Babysitten. Franz von dem Berg stellte sich voll vor seine Tochter. Das könne nicht sein, dass eine seiner

Töchter ihn hintergehe. Was bildeten sich diese Leute ein, ständig zu feiern, dafür einen Babysitter anzuheuern und, als Krönung, das auch noch abzustreiten.

„Geh da mal vorbei, Beate, und fühl denen so richtig auf den Zahn“, sagte von dem Berg. Dass ihr Mann jemandem auf den Zahn fühlen wollte, hätte sie normalerweise lustig gefunden, wenn die Situation nicht so ernst gewesen wäre.

Tanja hatte Nicole vor zwei Tagen, am Samstag, zum letzten Mal gesehen.

Es war kurz nach Mitternacht und Mutter und Tochter machten sich auf den Weg zur Polizeiwache in der Bismarckstraße.

Polizeiobermeister Wenig betätigte den Türsummer und ließ Frau von dem Berg und ihre Tochter Tanja eintreten. Er bat die beiden, im Vorraum Platz zu nehmen. Er hatte noch eine Anzeige wegen Sachbeschädigung aufzunehmen. Unbekannte hatten eine Hauswand mit Graffiti beschmiert.

Es war schwierig, Frau von dem Berg zu erklären, dass er sich gleich um sie kümmern werde und sie noch einen Moment warten solle. Mehrfach unterbrach sie Wenig durch Klopfen an die Scheibe. Als er sich endlich um die aufgeregte Frau kümmern konnte, dauerte es eine Weile, bis er verstand, worum es ging. Er informierte den wachhabenden Kommissar Jörg Vetten.

Vetten nahm die beiden mit in sein Büro und versuchte, Klarheit in das Durcheinander von Mutter und Tochter zu bringen. Tanja war mit ihren sechzehn

Jahren erheblich sachlicher als ihre Mutter.

„Ihre Schwester Nicole ist seit Samstag verschwunden. Wann genau haben Sie Nicole das letzte Mal gesehen?", fragte Vetten.

„Am Freitag, bevor ich einkaufen fuhr", unterbrach die Mutter ungeduldig.

„Und ich am Samstagnachmittag, als wir gemeinsam zur Übertragung des Fußballspiels in die Innenstadt gingen. Ich bin Nicoles Zwillingsschwester", ergänzte Tanja. „Wir haben uns aus den Augen verloren. Ich bin dann nachts allein nach Hause gegangen. Zum Endspiel am Sonntag war ich ohne Nicole in der Stadt und habe sie nicht gesehen."

„Seid ihr öfters zusammen weggegangen, oh, Entschuldigung, ich darf du sagen?", fragte Vetten höflich.

„Na klar."

„Kam das öfters vor, dass ihr unterschiedlich nach Hause kamt?"

„Ja, manchmal blieb Nicole über Nacht weg und kam erst am frühen Morgen nach Hause", sagte Tanja leise mit gesenktem Blick. Offensichtlich wusste ihre Mutter nichts davon.

„Das kann nicht sein. Das hätte ich gemerkt!", rief Frau von dem Berg.

Es waren Sommerferien und außerdem Wochenende und Deutschland war wegen der gewonnenen Fußballweltmeisterschaft im Ausnahmezustand. Da wird Fräulein Tochter über die Stränge geschlagen haben, kombinierte Vetten. Er behielt das für sich und überlegte, wie er seine Gedanken vorsichtig der Mutter beibringen sollte. Die Zwillingsschwester hatte ja Informationen genannt, die ein Handeln der Polizei zu diesem Zeitpunkt nicht erforderlich machten. Trotzdem notierte Vetten sich alle Personalien, ließ sich eine Beschreibung von Nicole geben und fragte nach einem Bild der Tochter. Der Form halber nahm er ein Protokoll auf und tippte alle Daten sauber in die Olympia-Schreibmaschine. Beide Kopien ließ er sich von Beate von dem Berg unterschreiben. Das Foto sollte am nächsten Morgen vorbeigebracht werden, falls Nicole bis dahin nicht aufgetaucht wäre, wovon Vetten allerdings ausging.

Beate von dem Berg war sauer über die Untätigkeit des jungen Kommissars. Es war halb zwei, als sie wieder zu Hause eintraf. Sofort weckte sie ihren Mann im Hotel in Leipzig und ließ eine Schimpfkanonade über die Mettmanner Polizei los. Ihr Mann war schnell reizbar und blies ins gleiche Horn.

„Was bilden sich diese Streifenhörnchen ein? Die sollen mich kennenlernen, wenn ich wieder in Mettmann bin!“, schrie der Arzt ins Telefon.

„Kannst du nicht früher nach Hause kommen?“, bat Beate.

„Ich muss das erst hier klären“, sagte Franz kurz. „Morgen Abend komme ich nach Hause und nehme das in die Hand.“

Beate kannte ihren Mann und wusste, was das zu bedeuten hatte. Sie fürchtete diese Situationen. Als Sternzeichen Waage war sie ein auf Harmonie bedachter Mensch. Aber die Sorge um ihre Tochter überwog und sie wollte diese Situation nicht alleine durchstehen.

Am Dienstagmorgen ließ sie das Foto von Nicole zur Polizeiwache bringen. Eigentlich war es egal, ob ein Bild von Nicole oder Tanja. Die beiden waren für Außenstehende nicht auseinanderzuhalten. Das hatten die beiden bereits des Öfteren ausgenutzt. So hatte Tanja die theoretische Fahrprüfung für den Mofa-Führerschein zweimal gemacht, für sich und für Nicole. Nicole hatte nicht gelernt und traute sich nicht zu, die Prüfung zu bestehen. Tanja hatte den Lappen für Nicole unterschrieben.

Kapitel 9

Am Abend gab es immer noch keine Spur von Nicole. Die Nervosität von Beate wuchs mit jeder Minute. Mit dem letzten Flieger aus Leipzig landete ihr Mann in Düsseldorf und ließ sich mit einem Taxi nach Hause fahren. Sofort begaben sich die beiden zur Wache in die Bismarckstraße.

„Ich bin Dr. Dr. von dem Berg. Meine Tochter ist verschwunden und ich erwarte, dass sofort, und ich meine sofort im Sinne von unverzüglich, etwas unternommen wird. Es kann doch nicht sein, dass hier gestern eine Vermisstenanzeige aufgegeben wurde und vierundzwanzig Stunden nichts geschieht", blökte er ohne Vorwarnung den Polizeimeister hinter dem brusthohen Tresen an.

„Einen Moment, Herr Doktor. Ich habe soeben erst den Dienst angetreten, ich rufe einen der Kommissare hinzu", entgegnete der junge Polizist, griff zum Telefon und wählte die Nummer von Kommissar Vetten, der wieder Dienst hatte.

„Was ist das nur für eine Schlamperei hier. Meine Tochter ist verschwunden. Warum wird nichts unternommen? Wofür zahle ich Steuern?", rief von dem Berg in seiner unhöflichen Art.

„Beruhigen Sie sich bitte, Herr Doktor. Ich kann Ihnen erklären, was bis jetzt unternommen wurde", versuchte Vetten, die Situation auf ein weniger aggressives Niveau zu bringen. Dies gelang ihm durch seinen höflichen Ton und die Ansprache mit dem akademischen Titel zumindest halbwegs.

Vetten erklärte, dass er eine Fahndung nach Nicole

herausgegeben hatte, nachdem sie bis Dienstagmorgen nicht aufgetaucht war und er das Foto erhalten hatte.

Von dem Berg war das zu wenig. „Wissen Sie eigentlich, mit wem Sie es zu tun haben? Ich bin mit dem Ministerpräsidenten befreundet und werde mich dafür einsetzen, dass Sie aus dem Polizeidienst entfernt werden!", polterte er weiter.

Tatsächlich hatte die achtjährige Tochter des Ministerpräsidenten einmal in seiner Wuppertaler Praxis auf seinem Stuhl gesessen. Ihr Kiefer sollte begutachtet werden. Von *„Kennen des nordrhein-westfälischen Ministerpräsidenten"* konnte also keine Rede sein. Seine Frau gab ihm wegen dieser Übertreibung einen leichten Schlag in die Rippen. Sie erreichte damit das Gegenteil bei ihrem Mann.

„Kommen Sie mir mal auf meinen Stuhl. Ich ziehe Ihnen alle Weisheitszähne ohne Betäubung!"

Vetten schluckte wegen dieser Drohung und überlegte, ob er zum Gegenangriff übergehen sollte. Er schob das cholerische Verhalten seines Gegenüber einerseits auf das arrogante Wesen des Arztes, andererseits machte sich hier ein Vater berechtigte Sorgen um seine Tochter.

Vetten antwortete übervorsichtig: „Herr Doktor von dem Berg, wir sehen das ebenso wie Sie. Es handelt sich hier sicher nicht um einen Streich Ihrer Tochter Nicole. Hier liegt eine ernste Situation vor, der wir natürlich nachgehen. Eine Fahndung nach Ihrer Tochter Nicole ist bereits eingeleitet. Alle Wachen sind informiert und das Foto Ihrer Tochter ist den Streifen bekannt."

„Sie sollen …", polterte von dem Berg.

„Lassen Sie mich bitte ausreden!“, überstimmte ihn Vetten. „Wir werden eine Sonderkommission bilden, die ausschließlich das Verschwinden Ihrer Tochter untersucht. Als Chirurg sind Sie sicher wohlhabend und wir sollten eine Entführung nicht ausschließen. Es werden Sie Techniker aufsuchen und eine Fangschaltung einrichten. Für den Fall, dass es sich um eine Entführung handeln sollte, sind wir sehr früh mit dieser Maßnahme dabei. Der Landrat und der Oberkreisdirektor als oberste Herren der Kreispolizeibehörde werden ständig über alle Schritte informiert.“

Das war sehr gut von Vetten. *„Wohlhabend“* sowie *„Landrat und Oberkreisdirektor“* waren kluge Schachzüge in seiner Ansprache an von dem Berg.

Offensichtlich ist der junge Kommissar nicht so schlecht, dachte von dem Berg und beruhigte sich etwas.

Vetten verabschiedete das Ehepaar: „Bitte machen Sie nichts Unüberlegtes. Unternehmen Sie auf keine Fälle Ermittlungen auf eigene Faust. Wir als Polizei haben alle Mittel, um Ihre Tochter schnell zu finden.“

Er bemerkte an von dem Bergs Blick, dass der nicht davon überzeugt war, dass die Polizei alles tun würde.

Die restliche Nachtschicht verlief für Vetten ruhig und er konnte so alle Informationen für seine Vorgesetzten vorbereiten. Er war der Meinung, dass hier tatsächlich ein Verbrechen vorliegen könnte, und wollte die Direktion Kriminalität davon überzeugen.

Zum morgendlichen Teammeeting der Direktion K informierte Vetten seine Kollegen und teilte seine gestrige Einschätzung mit. Ein Bild von Nicole wurde mit einem Overheadprojektor an die große Leinwand des Besprechungsraums projiziert.

Er referierte: „Nicole von dem Berg, sechzehn Jahre alt, Schülerin am Heinrich-Heine-Gymnasium, Vater wohlhabender Arzt. Nicole wurde am Samstag das letzte Mal von ihrer Schwester gesehen. Sie feiert häufig das Wochenende durch und war am Wochenende zum WM-Endspiel feiern. Sie hätte Sonntag, spätestens Montagfrüh wieder zu Hause sein müssen. Heute ist Mittwoch und Nicole immer noch verschwunden. Die Mutter hat am Montagabend das Verschwinden angezeigt. Nachdem bis Dienstagfrüh Nicole nicht gesehen wurde, habe ich eine Fahndung veranlasst. Ein Foto von ihr wurde an alle Stellen weitergeleitet. Nicole hat eine eineiige Zwillingsschwester, Tanja."

„Ich denke, das reicht. Gut und knapp alles Wichtige dargestellt, Herr Vetten", lobte der Direktionsleiter. „Ich denke, wir sollten eine SOKO einrichten. Wenn Nicole nach ein paar Tagen wieder auftaucht und sich mit ein paar Freunden eine Auszeit gegönnt hat, umso besser. Im anderen Fall, falls etwas Schwerwiegendes vorliegen sollte und wir nichts unternehmen, haben wir wieder die Arschkarte."

Vetten stand auf.

„Da ist noch etwas, Herr Direktor. Herr von dem Berg ist Dr. Dr., Kieferorthopäde und Chirurg. Er ist befreundet mit dem Ministerpräsidenten. Er will mir die Weisheitszähne ohne Betäubung ziehen, wenn wir nichts unternehmen."

Vetten sagte das mit so ernster Miene, dass sich

Totenstille im Konferenzraum ausbreitete.

„Das ist nicht Ihr Ernst?“

„Das ist mein Ernst, das hat er mir angedroht. Ich denke, das war aufgrund seiner Sorge über das Verschwinden der Tochter. Ich möchte warnen, dass der Mann arrogant und cholerisch ist.“

„Danke, Herr Vetten. Die SOKO „Nicole“ werden Stirn und Hellermann leiten. Ihr beide habt Erfahrung und könnt, glaube ich, gut mit so einem Kaliber umgehen. Zwei Kollegen von der Streife werden euch zuarbeiten. Bei Bedarf werden weitere Kräfte dazustoßen.“

Schade, dachte Vetten, ich wäre gerne dabei gewesen. Er musste sich jedoch eingestehen, dass die beiden alten Hasen Bernd Stirn und Franz Hellermann erheblich erfahrener waren als er.

Nach zwei weiteren kleineren Punkten war das Teammeeting beendet. Vorsorglich wegen einer eventuellen Bekanntschaft zum Ministerpräsidenten wurden der Landrat und der Kreisdirektor vom Direktionsleiter informiert.

Kapitel 10

Die beiden Hauptkommissare Stirn und Hellermann machten sich nach dem Teammeeting auf den Weg in das Neubaugebiet zu Familie von dem Berg. Die B7 war wieder dicht und so fuhren sie über die Nordstraße in die Erlenhainsiedlung. Auf dem Weg spielten sie alle Möglichkeiten durch. Sie hofften, dass sich der Fall schnell aufklären würde und sich das Mädchen eine Auszeit in einer Clique mit vielleicht zu viel Alkohol gegönnt hatte.

Der Vater war in seiner Wuppertaler Praxis und seine Gattin empfing die beiden Kommissare zu Hause.

„Können wir einen Blick in das Zimmer Ihrer Tochter werfen?“, fragte Hellermann die nervöse Mutter.

Vorsorglich zogen sie sich Latexhandschuhe an und betraten das Zimmer der Sechzehnjährigen. Sie hatten das typische Zimmer eines pubertierenden Teenagers erwartet. Offensichtlich hatte Nicole die Phase mit Postern ihrer Pop-Idole bereits hinter sich. Das sah wesentlich reifer aus. Ein Futonbett an der Wand gegenüber der großen Gaube, ein großer Fernseher auf einem Sideboard mit asiatischen Motiven und ein hoher Kleiderschrank mit drei großen Schiebetüren. Die mittlere Tür war ein einziger riesiger Spiegel. Die Kleidung im Schrank schien vollständig, die Mutter vermisste nichts. Ein Kurzurlaub schien damit unwahrscheinlich. In der Nachttischschublade fanden sie Kondome.

„Schade, kein Tagebuch gefunden“, sagte Stirn und

fragte Tanja, ob sie von einem Tagebuch wisse.

„Nein, Nicole hat nie so etwas geschrieben“, antwortete sie.

„Ihre Handtasche fehlt“, bemerkte die Mutter.

„Die hatte sie am Samstag dabei“, ergänzte Tanja.

„Ich glaube, wir haben genug in Nicoles Zimmer gesehen. Die Kriminaltechnik brauchen wir hier vorläufig nicht. Oder siehst du das anders?“, wollte sich Stirn eine Rückversicherung von Hellermann holen.

„Lass die Kollegen lieber antanzen. Besser einmal zu viel als zu wenig“, entgegnete Hellermann. „Können wir uns irgendwo unterhalten, Frau von dem Berg?“

„Ja, natürlich. Gehen wir ins Wohnzimmer. Ich habe Kaffee aufgesetzt, wenn es recht ist.“

„Da sagen wir nicht nein, und es lässt sich entspannter sprechen“, antwortete Hellermann.

Schnell standen drei Tassen Kaffee, Zucker und Milch auf dem Tisch. Tanja trank Wasser.

Es war ein großzügiges Wohnzimmer. Die Einrichtung bestand aus zahlreichen Designermöbeln, die stilvoll zueinander passten. Im Essbereich stand ein ovaler Granittisch mit acht unterschiedlichen Designerstühlen. Die große Schiebetür zur Terrasse ließ einen großzügigen Blick auf den gepflegten Garten zu. Im Zentrum des englischen Rasens befand sich ein achteckiger Pavillon im Jugendstil. Beate von dem Berg bemerkte die Blicke der beiden.

„Ja, das ist mein Hobby. Ich liebe diesen Einrichtungsstil“, sagte sie. Die beiden Polizisten dachten sich ihren Teil und sahen, wie die Tochter Tanja die Augen verdrehte.

„Wann haben Sie Ihre Tochter Nicole das letzte Mal gesehen?“, fragte Stirn und beobachte dabei Frau von dem Berg. Hellermann notierte sich die Antworten in seinem Notizbuch. Die beiden waren ein eingespieltes Team. Sie kannten ihr Metier sehr gut. Der eine schrieb, der andere beobachtete. So konnten sie Diskrepanzen zwischen Aussage und Mimik oder Gestik feststellen oder ob jemand nervös erschien.

„Am Freitagabend, als ich von der Praxis nach Hause kam“, antwortete Frau von dem Berg. „Am Samstag sind Tanja und Nicole irgendwann aus dem Haus, zu einer Fußballfeier.“

„Was hatte ihre Tochter an?“

„Das weiß ich nicht. Ich habe sie nicht gesehen.“

„Wissen Sie, was Ihre Schwester anhatte?“, fragte Stirn.

„Eine blaue Hotpants und ein weißes Baumwolltop. Hellblaue Sneaker und ihre Handtasche aus hellblauem Leder. Ihr Name stand drauf, mit Glasperlen appliziert“, antwortete Tanja. „Sie können mich übrigens gerne duzen.“

„Vielen Dank, das war eine sehr gute Beschreibung. Und wann hast du deine Schwester zum letzten Mal gesehen?“

„Wir sind am Samstagnachmittag in die Stadt gegangen, um mit ein paar Freunden das Spiel um den dritten Platz anzusehen. Es war voll in der Kneipe an der Kirche in der Oberstadt. Ich habe Nicole aus den Augen verloren. Hab sie irgendwann noch einmal kurz gesehen, aber nicht gesprochen. Nach dem Spiel bin ich nach Hause gegangen. Ein Freund hat mich begleitet.“

„Kam das oft vor, dass ihr gemeinsam weggegangen seid und es dann getrennt nach Hause ging?“

„Ja, Nicole hat nie ein Ende gefunden. Wenn es mir zu lange wurde, bin ich gegangen. Nicole ist geblieben und nachts oder am frühen Morgen nach Hause gekommen.“

„Weißt du, wer alles in dieser Kneipe war?“

„Einige aus meiner Schule, viele aus der Oberstufe und ein paar Lehrer. Die meisten kannte ich nur vom Sehen oder gar nicht.“

„Was war am Sonntag?“, fragte Stirn weiter.

„Zum Endspiel bin ich allein gegangen und habe Nicole nicht gesehen. Sie hat mir nicht gesagt, was sie vorhat. Sie war nicht zu Hause.“

„Hat sie einen Freund?“

„Nein, das hätte ich gewusst“, mischte sich die Mutter ein.

„Ach Mama“, antwortete Tanja vorwurfsvoll, „viele Jungs aus der Oberstufe waren hinter ihr her. Mit dem einen oder anderen hatte sie kurz was. Einmal fuhr sie sogar zweigleisig. Da musste ich für ein Date einspringen. Hat der Typ aber nicht gemerkt.“

Frau von dem Bergs Augen wurden größer, als sie ihrer Tochter zuhörte. Was weiß ich da alles nicht, schoss es ihr durch den Kopf.

„Kannst du uns die Namen ihres aktuellen Freundes und die der ehemaligen Freunde nennen? Wir brauchen die Namen der Gäste, die in dem Lokal am Samstag zum Fußballgucken waren, soweit das möglich ist.“

Tanja nahm ein DIN-A4-Blatt und schrieb alle Namen auf, die ihr einfielen.

Stirn und Hellermann baten Mutter und Tochter, sich zu melden, wenn ihnen etwas einfallen sollte, und hinterließen ihre Visitenkarten. Dann verabschiedeten sie sich. Zur gleichen Zeit trafen zwei Kriminaltechniker ein, um das Zimmer von Nicole unter die Lupe zu nehmen.

„Was schlägst du vor, wie wir vorgehen sollen?", fragte Stirn. „Das Gymnasium ist sicher ein Anhaltspunkt. Verschmähte Liebe eines Mitschülers könnte ein Hinweis sein."

„Auf jeden Fall müssen wir an die Öffentlichkeit gehen. Zuerst lokal: Radio Neandertal, SuperTip, Schaufenster und Rheinische Post. Ich informiere gleich die Pressereferentin, dass sie die Zeitungen informiert, bevor Redaktionsschluss ist. Dann ist der Suchaufruf morgen in der Presse", antwortete Hellermann.

„Sehr gut, dann sieht der Vater auch, dass wir nicht untätig sind", ergänzte Stirn.

„Was hältst du von Mutter und Tochter?"

„Die Mutter scheint ihre Tochter ja nicht wirklich zu kennen. Die Schwester ist sehr offen. Mir ist nichts weiter aufgefallen. Wie viele Exfreunde von Nicole stehen auf der Liste? Das darf ja nicht wahr sein. Die hat die Freunde gewechselt wie ich die Unterwäsche. Die war erst ein Jahr auf der Schule. Mann, hat die einen Verschleiß!"

Hellermann las aufmerksam alle Namen durch. Plötzlich ließ er das Blatt sinken. „Scheiße, mein Sohn steht da auch drauf", sagte er erschrocken.

„Kannst ja deinen Sprössling gleich interviewen,

wenn du nach Hause kommst“, grinste Stirn.

„Da kannst du dich drauf verlassen, dass ich Alexander befragen werde. Auf den Vater der Vermissten bin ich gespannt. Der wird ja wohl bald auftauchen.“

„Da bin ich auch gespannt. Da wir noch in der Siedlung sind, sollten wir direkt ein paar Nachbarn befragen. Zuerst funke ich aber die Kollegen an, dass die Öffentlichkeitsfahndung in die Wege geleitet wird.“

Hellermann und Stirn klingelten bei den direkten Nachbarn, Familie Kapteiner. Frau Kapteiner öffnete die Tür, die beiden Hauptkommissare stellten sich vor und zeigten ihre Dienstausweise.

Sie schüttelte den Kopf. „Nein, ich habe die beiden schon länger nicht gesehen. Mir ist auch nichts Ungewöhnliches aufgefallen. Keine fremden Autos oder Personen, wenn Sie das meinen. Ist etwas passiert?“

„Nicole ist seit ein paar Tagen verschwunden“, klärte Stirn knapp auf.

Auch andere Nachbarn, die in unmittelbarer Nähe wohnten, hatten nichts Besonderes beobachtet.

Wieder im Büro der neuen SOKO angekommen, berieten sie mit den beiden Kollegen von der Streife die weitere Vorgehensweise.

„Der einzige brauchbare Hinweis zurzeit sind Schüler, die wohl mit Nicole zusammen waren. Hier sollten wir als Erstes ansetzen. Lehrer können sicher auch wichtige Hinweise geben. Doof, dass noch Sommerferien sind.“

„Noch drei Wochen Ferien, bis zum 31. Juli. Es werden ja nicht alle Schüler verreist sein. An die Arbeit, Kollegen.“

Die vier teilten sich die Aufgaben auf und legten sofort los.

Die SOKO erhielt eine überraschende Nachricht der Kriminaltechniker, die Nicoles Zimmer untersucht hatten.

„Herr Hauptkommissar, wir haben in einem Versteck im Schreibtisch der Kleinen 1.900 Mark in Hunderter-Scheinen gefunden. Sind natürlich viele unterschiedliche Fingerabdrücke drauf.“

„Haben Sie die Mutter und die Schwester dazu befragt?“

„Nein, da wollten wir Ihnen nicht ins Handwerk pfuschen.“

„Haben Sie sich eine Zahnbürste oder Haarbürste geben lassen, damit wir die DNA haben?“, fragte Hellermann.

„Herr Hauptkommissar, wir sind doch Profis“, antwortete der Techniker beleidigt.

Tatsächlich ging die Suche nach den Schülern des HHG, die mit Nicole befreundet waren, sehr zäh voran. Einige waren in Urlaub, ein paar hatten Ferienjobs und waren erst abends zu Hause. Die, die erreichbar waren, wurden für den nächsten Tag für eine Zeugenaussage einbestellt.

Hellermann freute sich auf den Abend, wenn er die Zeugenaussage seines Sohnes aufnehmen würde. Zuvor erhielt er jedoch Besuch von Herrn von dem Berg. Der Arzt hatte tatsächlich seine Praxis in

Düsseldorf vorzeitig verlassen, um zu erscheinen.

„Danke, dass Sie so schnell kommen konnten, Herr Dr. von dem Berg“, begrüßte ihn Hauptkommissar Stirn und stellte ihm seinen Kollegen Hellermann vor.

„Was haben Sie für Ergebnisse?“, fiel von dem Berg gleich mit der Tür ins Haus.

„Nicht viel“, sagte Stirn offen „Wir haben von Ihrer Tochter Tanja erfahren, dass Nicole wohl öfter ihre Freunde gewechselt hat.“

„Wollen Sie meiner Tochter unterstellen, dass sie ein Flittchen ist?“, brauste von dem Berg auf, „ich werde …“

„Einen Moment“, unterbrach Hellermann den Arzt. „Keiner unterstellt Ihrer Tochter hier Schlechtes. Wir müssen jeder Spur nachgehen und Freunde und ehemalige Freunde befragen. Wir haben in dem Zimmer Ihrer Tochter 1.900 DM entdeckt. Wissen Sie, wie Nicole an dieses Geld kommt?“

Der Arzt wurde blass. Was wusste er da nicht von seiner Tochter?

„Als nächsten Schritt werden wir die Mitschüler von Nicole als Zeugen befragen. Vielleicht erfahren wir etwas zum Verbleib Ihrer Tochter“, klärte Hellermann über die weiteren Schritte auf.

„Wir haben mit der Befragung bereits begonnen. Leider sind einige Schüler verreist. Wir haben Sommerferien. Dann ...“

„Was ist mit der Presse?“, unterbrach von dem Berg.

„Lassen Sie mich bitte ausreden. Die Presse ist bereits informiert. Morgen ist ein Aufruf in der Rheinischen Post, dem SuperTip und dem Schaufenster mit einem Bild von Nicole, und Radio

Neandertal wird mehrfach einen Suchaufruf senden."

„Warum nicht bundesweit?", forderte von dem Berg ungeduldig.

„Das wird kein Staatsanwalt genehmigen, und, ehrlich gesagt, wird das niemand von der Münchner Presse interessieren, das werden die nicht schreiben. Zumindest jetzt noch nicht", versuchte Hellermann zu erklären.

„Das werden wir sehen.", schimpfte der Kieferchirurg.

„Bitte, Herr Dr. von dem Berg. Machen Sie keine Alleingänge. Wir verstehen unser Handwerk und haben die Mittel. Wir werden Sie über alle Schritte informieren. Noch einmal die Bitte, machen Sie nichts auf eigene Faust", versuchte Stirn, den aufgebrachten Arzt zu beruhigen.

Schimpfend verließ von dem Berg das Kommissariat. „Die sind wie Dick und Doof, die haben ja keine Ahnung, diese Komiker. Die werden mich noch kennenlernen", grummelte er und machte sich auf den Weg nach Hause. Tatsächlich hätten Stirn und Hellermann Double des britisch-amerikanischen Komiker-Duos Stan Laurel und Oliver Hardy aus der Stummfilmzeit sein können, von hinten betrachtet. Stirn war groß und kräftig und Hellermann klein und schlank. Die Kollegen im Kommissariat hatten den beiden diese Spitznamen verpasst.

„Na, das ist ja ein Kaliber", grinste Bernd Stirn. „Der wird uns bestimmt einige Male in die Parade fahren."

„Das denke ich auch", sagte Franz Hellermann. „Jetzt muss ich erst einmal bei meinem Filius die Parade abhalten. Von dieser Freundin hat er mir nichts erzählt. Macht er sonst eigentlich."

Das Gespräch mit seinem Sohn Alexander beruhigte ihn einigermaßen. Der Filius war ein paar Tage mit Nicole zusammen gewesen. Er merkte schnell, dass er ein Spielzeug für sie war und hatte Schluss gemacht. Liebe war da nie im Spiel.

Hellermann ging dieser Fall sehr nahe. Er hatte zwei Kinder, Alexander und seine neunzehnjährige Tochter Anja, die soeben das Abi gemacht hatte. Wenn Anja verschwunden wäre, wüsste er nicht, wie er reagieren würde. Er wollte seine ganze Kraft daran setzen, die Vermisste zu finden.

Alexander konnte von zwei Schülern berichten, die wohl unsterblich in die Vermisste verknallt waren.

Der Aufruf in der Presse ergab zahlreiche Hinweise. Die meisten zu der Feier am Samstag in der Kneipe in der Oberstadt. Einige Besucher hatten Nicole kurz gesehen. Alle Aussagen wurden sorgfältig protokolliert. Es ergab sich aber keine Spur, die vielversprechend oder brauchbar war.

Das Problem bei den Zeugenaussagen war die Ähnlichkeit der beiden Mädchen. Viele konnten nicht sagen, ob sie Nicole oder Tanja gesehen hatten. Die Jungen hatten auf das Gesicht geschaut und nicht auf die Kleidung, womit man die beiden hätte unterscheiden können. Den Mädchen war die Kleidung aufgefallen, und das war Tanja. Nicole war an dem Abend also nicht von Schülern gesehen worden.

Kapitel 11

Am Samstagmittag erfolgte ein aufgeregter Anruf von Frau von dem Berg bei Hauptkommissar Stirn. Sie teilte ihm mit, dass ein Erpresserbrief eingegangen wäre.

Sofort informierte Stirn seine Kollegen aus der SOKO und den anderen Kommissariaten. Er berief sie in den großen Besprechungsraum. Der Raum bot Platz für dreißig Mitarbeiter. Er war ausgestattet mit allen modernen Hilfsmitteln, die zur Verfügung standen. Seit Kurzem verfügte er sogar über einen leistungsfähigen Beamer. Natürlich gab es auch noch die altbewährten Präsentationsmittel wie Flipchart und Metaplan-Tafel samt Karten, Pins zum Anheften und Eddingstifte in den vier wichtigen Farben. Der alte Overheadprojektor mit ausreichend Folien stand auch noch in einer Ecke und es gab zwei Telefone mit direkter Durchwahl. Hellermann und Stirn hatten ihre Durchwahlnummern für die Zeit der Besprechung auf diese Anschlüsse umgeleitet. Für die SOKO „Nicole“ stand sogar ein Computer mit der neuen Software CEBIUS bereit.

Die Techniker in Düsseldorf wurden informiert. Es sollte alles vorbereitet werden für eine Fangschaltung bei Familie von dem Berg. Nach der Besprechnung machten sich die beiden Kommissare auf den Weg in die Erlenhainsiedlung.

Stirn und Hellermann kamen gleichzeitig mit den Kollegen der Kriminaltechnik bei von dem Bergs an. Der Vater war bereits da. Frau von dem Berg musste ihren Mann eine Weile vor den Kommissaren informiert haben, wie hätte er sonst so schnell aus seiner Praxis in Düsseldorf zu Hause sein können. Sein Blick sprach Bände, als er die Kommissare sah. Er wedelte mit einem Blatt und hielt es Stirn und Hellermann entgegen.

„Hier ist ein Erpresserschreiben eingegangen. Muss ich denn alles selbst in die Hand nehmen?", fauchte der aufgebrachte Vater.

„Sie sollen hier überhaupt nichts in die Hand nehmen. Schon gar nicht ein Erpresserschreiben. Damit haben Sie wichtige Spuren vernichtet, Herr Dr. von dem Berg."

Hellermann zog sich Handschuhe an und nahm den Brief mit einem Kopfschütteln an sich.

Es waren bunte Wörter und Buchstaben aus einer Zeitschrift herausgeschnitten und auf ein DIN-A4-Blatt geklebt. Die Erpresserforderung lautete:

„Wir haben ihre Tochter. Wenn Sie die widersehn wollen, fordern wir 3 Millionen in kleinen Scheinen. Nicht nummeriert!
Keine Bullen
Die Erpresser"

„Sie müssen alle Häuser im Erlenhain durchsuchen!", forderte von dem Berg.

„Jetzt mal langsam, Herr Doktor. Zuerst müssen wir eine Fangschaltung installieren. Unsere Kollegen von der Technik werden das übernehmen. Wenn die Erpresser sich telefonisch melden, können wir das Gespräch zurückverfolgen."

Hellermann ergänzte: „Den Brief geben wir gleich ins Labor nach Düsseldorf. Die Kollegen werden den Brief technisch nach Fingerabdrücken, Klebstoff, Zeitungsherkunft usw. untersuchen. Unsere Psychologen werden ihr ganzes Wissen einbringen über das Wesen und den Charakter der Täter."

„Haben Sie zufällig einen Kopierer im Haus? Dann können wir für uns eine Kopie anfertigen und das Original abholen lassen."

Eine Kopie wurde erstellt und der Brief sofort mit einem Streifenwagen und Blaulicht nach Düsseldorf zum Präsidium ins Labor zur Untersuchung gebracht.

„Kam der Brief mit der Post? War er in einem Umschlag?", fragte Hellermann.

„Nein. Er steckte zusammengefaltet im Briefkasten ohne Umschlag", antwortete Beate von dem Berg. „Ich fand ihn heute Morgen, als ich die FAZ reinholte."

„Herr und Frau von dem Berg, wir müssen Ihnen jetzt ein paar wichtige Ratschläge geben, falls die Erpresser sich telefonisch melden. Halten Sie sie möglichst lange hin. Sprechen Sie langsam. Sagen Sie, dass Sie das Geld nicht so schnell besorgen können. Verlangen Sie ein Lebenszeichen von Nicole. Fordern Sie, dass Sie Nicole sprechen wollen."

Es wurden zum zweiten Mal die Nachbarn befragt, ob jemand in der Nacht Ungewöhnliches bemerkt hat. Das blieb ergebnislos. Die Kommissare mussten auf das Ergebnis des Labors warten und darauf, dass die Erpresser sich wieder meldeten.

Verständlicherweise war die Situation bei von dem

Bergs zu Hause sehr angespannt. Der Arzt hatte seiner Frau eine Beruhigungstablette Valium gegeben und Beate von dem Berg lief wie in Trance durch die Wohnung. Von der Designercouch im Wohnzimmer ins Esszimmer oder in die offene Küche. Ständig knibbelte sie an ihren Fingern oder kaute an den Fingernägeln. Ihre sonst sorgfältig gestylten Haare wirkten ungepflegt.

Die Zwillingsschwester Tanja hatte tiefe Ringe unter den Augen. Sie hatte in den letzten Nächten kein Auge zugemacht.

Franz von dem Berg schwankte zwischen Beleidigungen der Kommissare als Komiker Dick und Doof oder Rentner auf der einen Seite und obskuren Ermittlungsansätzen auf der anderen Seite. Er wollte den Ministerpräsidenten einschalten oder sich alle Hausbewohner in der Siedlung Erlenhain vorknöpfen. Die Exfreunde von Nicole wollte er auf seinem Zahnarztstuhl foltern. Die beiden Kommissare wunderte, wie aus einem so gebildeten Akademiker so viel Blödsinn kommen konnte. Wenn die Situation nicht so ernst wäre, hätten sie manchmal laut gelacht.

„Ich glaube, wenn ich pensioniert bin, schreibe ich ein Buch. Genug Futter liefert mir der Klobrillenbart“, sagte Stirn in einem unbeobachteten Moment.

Endlich meldete sich der Psychologe mit einer Einschätzung des Erpresserbriefes.

„Hallo Psycho, hast du was für uns?“, Hellermann war inzwischen im Kommissariat und konnte seinen Freund so ansprechen. Seit ihrem letzten gemeinsamen Fall hatten sich die beiden angefreundet.

Deshalb ging es mit der Beurteilung des Erpresserschreibens so schnell. Unter Zeugen hätte Hellermann die formelle Anrede gewählt.

„Ich bin überzeugt, dass wir es mit einem Trittbrettfahrer zu tun haben", urteilte Grabowski. „So schreibt kein Entführer. *‚Keine Bullen'* und *‚Die Entführer'*, quasi als Unterschrift. Es ist jetzt eine Woche her, dass Nicole das letzte Mal gesehen wurde und es war bereits ein Suchaufruf in der Presse. Der Entführer muss davon ausgehen, dass die Kavallerie involviert ist. Entweder sind die Erpresser doof oder unerfahren, eventuell Jugendliche. Es sind auch Rechtschreibfehler drin. Und da ist etwas Auffälliges. Die Zeitschrift, aus der die Buchstaben stammen, ist die aktuelle ‚Bravo'. Kann natürlich eine falsche Fährte sein, ich bin mir aber sicher, dass wir es mit Jugendlichen zu tun haben."

Schüler, schoss es durch Hellermanns Kopf. Erwachsene Entführer oder Profis machen alles, um nicht aufzufallen. Sie kaufen bestimmt keine Bravo. Er ging wieder die Liste der Schüler der drei zehnten Klassen durch. Die Urlauber waren grün markiert, sie kamen nicht infrage. Zehn Schüler hatten das HHG mit der mittleren Reife verlassen. Zwei Namen kamen ihm bekannt vor. Es fiel ihm zunächst nicht ein, warum.

Mittlerweile waren Stirn und zwei uniformierte Kollegen eingetroffen. Ein Techniker war bei von dem Bergs zu Hause, um Anweisungen zu geben, falls die Entführer sich telefonisch melden sollten.

„Puh, ist das ein Brocken, das nächste Mal übernimmst du die Schicht beim Klobrillenbart", stöhnte Stirn.

„Sag das nicht so oft, sonst rutscht dir der Bart raus und du hast die Klobrille", belehrte Hellermann mit einem Schmunzeln.

„Wer von uns ist eigentlich Stan und wer Oliver?", fragte Stirn.

„Ich bin der große Dicke, ich bin Oliver Hardy, und du bist der kleine Dünne, du bist Stan Laurel. Ich bin der Schlaue und du bist ..."

Weiter kam Hellermann nicht. Er musste sich wegducken, weil Stirn ein Papierknäuel nach ihm warf.

„Ich beschwere mich beim Personalrat. Das war ein tätlicher Angriff auf mich. Das hat Konsequenzen ..."

„Was, wenn es keine Entführung war?", unterbrach Strelkow, um die beiden Kommissare wieder auf den Boden der Realität zurückzuholen. „Das einzige Motiv, das wir haben, wäre Eifersucht oder verschmähte Liebe eines Mitschülers." Strelkow schrieb die Namen, die Tanja genannt hatte, auf das Flipchart.

„Stopp!", rief Hellermann. Da waren sie, die Namen, die ihm bekannt vorkamen. „Christian und Stefan, zwei Schulabgänger mit mittlerer Reife und nicht in Urlaub oder verreist. Beide waren verliebt in Nicole. Wir haben sie noch nicht vernommen. Wo sind die gemeldet?"

„Warte, ich kram die Adressliste raus. In Homberg, Steinhauser Straße. Beide unter der gleichen Adresse", las Stirn.

„Auf, lass uns nach Homberg fahren."

Der Weg führte die Kommissare über die Hasseler Straße vorbei am Heinrich-Heine-Gymnasium und der Siedlung Erlenhain.

Es gab nur eine Klingel unter der Adresse in der Steinhauser Straße. *„Wohngruppe"* stand auf dem Schild. Stirn klingelte. Ein junger Mann öffnete die Tür. Er stellte sich als Klaus Hinz vor. Er war Sozialpädagoge und Leiter der Wohngruppe.

„Ja, Christian und Stefan wohnen hier. Sie sind Waisen und unter der Obhut des Jugendamtes, das die Vormundschaft hat. Die beiden sind zurzeit nicht da. Kommen Sie rein. Worum geht es?"

„Wir müssen die Jungen als Zeugen in einem Vermisstenfall befragen. Wann können wir Christian und Stefan erreichen?"

„Ich habe davon gehört. Eine schreckliche Geschichte", sagte Klaus Hinz. „Die wollten nach Düsseldorf. Um achtzehn Uhr sollen sie zum Essen wieder hier sein."

„Wir möchten Sie bitten, mit den beiden heute noch ins Kommissariat zu kommen. Bitte in Begleitung eines Erziehungsberechtigten", sagte Stirn, und übergab seine Visitenkarte.

„Mir wurde vom Jugendamt die Erziehungsgewalt übertragen. Muss ich mir Sorgen machen?", fragte der Pädagoge.

„Wir können Ihnen zu laufenden Ermittlungen keine Auskünfte geben", antwortete Hellermann ausweichend.

Nach einer halben Stunde kamen die beiden Kommissare unverrichteter Dinge aus Homberg zurück. Gespannt warteten sie auf den Besuch der beiden Jugendlichen.

Kaum waren sie im Besprechungszimmer meldete sich

der Techniker, der bei von dem Bergs saß. Er berichtete von einem Erpresseranruf, der soeben eingegangen war.

„Der Anruf kam aus Ratingen aus einer Telefonzelle. Die Kollegen dort sind bereits unterwegs. Wenn ihr mich fragt, das sind Stümper. Total nervös, haben sich in Widersprüche verstrickt. Teilweise ausländischer Akzent, dann wieder einige Brocken Hochdeutsch. Wenn das mal echt ist. Das Tonband bringe ich euch gleich ins Kommissariat, wenn ich hier abgelöst werde."

Die Ratinger Polizei war schnell vor Ort an der Telefonzelle. Sie berichteten von Zeugen, die zwei Jugendliche in der Telefonzelle gesehen hatten. Die Zeugen konnten eine relativ gute Personenbeschreibung der Jungen abgeben.

„Beide ungefähr sechzehn Jahre alt und eins fünfundsiebzig groß. Der eine hellbraune, der andere dunkle Haare. Beide hatten blaue Jeans an und helle Turnschuhe. Der mit den hellen Haaren trug ein weißes T-Shirt. Ein Gewehr mit einer roten Rose im Lauf war darauf abgebildet. Der andere mit den dunklen Haaren trug ein rotes T-Shirt mit einem großen Peace-Zeichen auf der Rückseite", teilte der Ratinger Kollege Stirn mit. Stirn hatte auf Lautsprecher geschaltet, damit alle anwesenden SOKO-Kollegen mithören konnten.

Hellermann und Stirn baten noch einmal alle Abteilungsleiter zu einer Fallinformation in den großen Besprechungsraum. Das war routinemäßige Vorschrift, um die anderen Kollegen vom Verkehr oder der Prävention auf dem Laufenden zu halten. Zudem waren sie sicher, dass der Fall „Trittbrettfahrer“ bald gelöst würde.

Um neunzehn Uhr erschien der Sozialpädagoge mit den beiden Jugendlichen. Die Beschreibung der Zeugen passte. Das waren die zwei aus der Ratinger Telefonzelle. Selbst die beschriebenen T-Shirts hatten sie noch an.

Hellermann übernahm zuerst Christian Seewald, während Stefan Berg-Haberland im Flur wartete. Getrennt sollten die beiden im Vernehmungszimmer befragt werden.

Hellermann belehrte Christian, dass er als Zeuge in dem Fall Nicole befragt würde. Sollte sich während der Befragung herausstellen, dass er als Beschuldigter befragt würde, würde er ihn darauf hinweisen und er hätte ein Aussageverweigerungsrecht und könne einen Anwalt hinzunehmen.

Der Pädagoge war entsetzt. Was hatte Christian mit einer Entführung zu tun? Er wusste von einer vermissten Schülerin, nur nicht, dass es eine Klassenkameradin von Christian war.

Christian machte einen schüchternen und verlegenen Eindruck. Er war nicht in der Lage, Hellermann in die Augen zu sehen, und spielte nervös mit seinen Fingern. Nach seinen Aussagen war er in den letzten Stunden mit seinem Kumpel in Düsseldorf an der Rheinpromenade gewesen. Sie waren mit dem Bus und der Straßenbahn nach Düsseldorf gefahren. Das Ticket hatten sie weggeworfen.

„Ich habe Sie nicht nach dem Ticket gefragt“, sagte Hellermann und schaute Christian an, der beschämt seinem Blick auswich.

Ein uniformierter Kollege betrat den Raum und flüsterte Hellermann etwas ins Ohr. Hellermann ging zum Frontalangriff über.

„Ich mache darauf aufmerksam, Christian, dass ich Sie jetzt als Beschuldigter vernehme. Sie haben das Recht, die Aussage zu verweigern und einen Rechtsbeistand hinzuzunehmen."

Klaus Hinz schaute Hellermann entsetzt an.

„Einspruch, Herr Kommissar. Bevor wir weitersprechen und eventuell voreilige Schritte machen, möchte ich mit Christian kurz allein reden. Ich glaube, ich überschreite meine Kompetenzen als Wohngruppenleiter bei dieser Vernehmung. Ich denke, ich müsste eigentlich das Jugendamt informieren und einen juristischen Beistand anfordern. Aber ich kenne meine Schützlinge besser als Sie oder ein Anwalt." Er vermutete, dass der Polizist, der Hellermann etwas zugeflüstert hatte, ihm neue Fakten berichtet hatte.

Hellermann verließ den Verhörraum, der Sozialpädagoge war mit Christian allein.

„Hör mir genau zu, Christian. Wenn du Scheiße gebaut hast, steh dazu. Offensichtlich kann die Polizei dir das nachweisen. Lügen nutzt nichts. Im Gegenteil, es verschlimmert deine Lage. Ein Geständnis und Reue wirken sich positiv und strafmindernd aus."

Christian brach zusammen und heulte wie ein Schlosshund. Er nahm an, dass Beweise vorlagen. Nach einer kurzen Unterbrechung, in der Hellermann seinem Kollegen Stirn mit „Daumen hoch" signalisierte: „Wir haben ihn", nahm Hellermann das Verhör wieder auf. Stefan wurde hinzugezogen und die beiden gemeinsam vernommen.

„Wenn ihr geständig seid“, Hellermann ging zum ‚du‘ über, um eine vertraute Atmosphäre aufzubauen, „wird das ein Richter sicher berücksichtigen. Ich nehme an, dass ihr nicht bei uns in den Akten steht. Dann erzählt einmal von vorne.“

„Stefan und ich sind gute Freunde und erzählen uns alles. Wir sind beide bei Nicole abgeblitzt. Die hat uns nicht einmal angeguckt. Wir beschlossen, uns bei ihr irgendwie zu rächen. Als die Vermisstenmeldung kam, hatten wir die Idee mit der fingierten Entführung“, beichtete Christian mit gesenktem Gesicht.

„Nachts haben wir den Erpresserbrief gebastelt. Mit dem Rad sind wir über Feldwege und den Golfplatz Grevenmühle in den Erlenhain gefahren und haben den Brief eingeworfen. In der Wohngruppe hat niemand unser Verschwinden bemerkt“, gestand Stefan weiter.

„Kam euch nicht die Idee, dass ihr damit Nicole in erheblicher Weise schadet? Die Eltern machen sich riesige Sorgen, sind total aufgewühlt. Die habt ihr geschockt. Und einmal abgesehen von Nicoles besorgten Eltern, ihr habt Polizeiarbeit behindert. Diese Zeit, eure verrückte vorgetäuschte Entführung zu enttarnen, hätten wir in andere Ermittlungsarbeit stecken können. Zum Glück ging die Sache schnell zu Ende, weil ihr euch wirklich dämlich angestellt habt.“

Christian wurde rot. Dass sie sich dämlich angestellt hatten, kratzte an seiner Ehre. Wer ließ sich gerne sagen, dass er was Dummes gemacht hatte?

„Wir müssen sie erkennungsdienstlich behandeln. Das können wir ihnen nicht ersparen“, wandte Hellermann sich an den Sozialpädagogen.

„Die Spurensicherung wird sie in Homberg aufsuchen. Der richterliche Beschluss wird nachgereicht.“, ergänzte Stirn.

„Natürlich können Sie ohne Beschluss kommen. Wir wollen alles tun, damit das aufgeklärt wird“, sagte Hinz sofort. Christian und Stefan nickten heftig.

„Kann ich irgendwas für die Eltern tun?“, fragte Stefan.

„Hey, da steckt ja was Gutes in dir“, antwortete Hellermann. „Glaube ich aber kaum, dass du bei von dem Bergs den Rasen mähen darfst, ich frag trotzdem. Ich muss sowieso gleich mit den Eltern telefonieren und ihnen die neuesten Ermittlungsergebnisse mitteilen.“

„Kann ich die beiden wieder mitnehmen?“, fragte Hinz.

Stirn und Hellermann blickten sich an.

„Ja, auf einen Tag Arrest können wir wohl verzichten“, antwortete Hellermann.

„Und U-Haft kommt auch nicht infrage. Ihr seid geständig und bereut das Ganze. Einen festen Wohnsitz habt ihr auch, es besteht also keine Fluchtgefahr. Allerdings dürft ihr die Stadt nicht verlassen“, ergänzte Stirn.

Auf eine Gegenüberstellung mit den Zeugen aus Ratingen wurde verzichtet, da die Beweislage eindeutig war.

Tatsächlich fand die Kriminaltechnik in dem Zimmer von Stefan die Bravo, aus der die Buchstaben für den Erpresserbrief ausgeschnitten worden waren.

Natürlich war es gut, dass Stirn und Hellermann die Trittbrettfahrer schnell gefasst hatten. Trotzdem war

Hellermann sauer. Er musste an seine Tochter denken. Es wäre zu schön, wenn sie Nicole gefunden hätten und der Fall gelöst wäre. Doch diese Spur war erloschen. Die beiden Ermittler hatten wieder so gut wie nichts, außer ein paar Exfreunde.

Kapitel 12

„Der spinnt wohl, der Rotzlöffel!“, brüllte von dem Berg ins Telefon. „Will mich um drei Mille erleichtern und bietet scheinheilig an, mir helfen zu wollen. Vielleicht haben die ja Nicole umgebracht. Wenigstens bin ich das Geld nicht los.“

„Wenn das Geld die einzige Sorge vom Klobrillenbart ist“, dachte Stirn.

Nicole wurde nun schon seit einer Woche vermisst, die Fahndung erfolgte bundesweit. Die SOKO „Nicole“ war erheblich erweitert worden, um alle eingehenden Zeugenaussagen zu bearbeiten.

Die Spur 82 kam von einem Zeugen, der auf dem geteerten Feldweg, der in den Nachbarort Obschwarzbach führte, ein Pärchen gesehen haben wollte. Er selbst war gegen Mitternacht am Samstag des Verschwindens von Nicole nach Obschwarzbach mit dem Fahrrad unterwegs. Der Beschreibung nach konnte es die Verschwundene sein. Den Mann konnte er beschreiben als dünn und vielleicht 180 cm groß. Zum Gesicht konnte er keine Angaben machen. Er hatte ihn nur von hinten gesehen.

Der Direktionsleiter forderte von der Polizeischule eine Hundertschaft und die Hundestaffel an. Montagvormittag wurde ein Waldstück neben dem Feldweg, den der Radfahrer gefahren war, durchkämmt. Es konnten keine Spuren oder frische Erdlöcher gefunden werden und die Hunde schlugen nicht an. Sogar ein Hubschrauber mit einer Wärmebildkamera suchte das Waldgebiet und die

Umgebung ab. Das Ergebnis war auch hier negativ.

Sicherheitshalber wurden alle Wege und Straßen im Erlenhain mit den Hunden abgegangen. Die Hunde schlugen nicht an.

Eine weitere Spur kam aus Spanien. Es war die Spur Nummer 217. Ein Campingurlauber aus Mettmann hatte Nicole in der Bucht von Rosas auf dem Campingplatz Las Dunas gesehen. Er konnte sogar die Platznummer nennen, wo das Mädchen in einen Wohnwagen gestiegen war. Die spanischen Kollegen besuchten den Platz und die Parzelle. Es hatte in der Zwischenzeit ein Wechsel auf der Parzelle stattgefunden. Der Platz war jetzt von einem älteren Ehepaar mit einem großen Wohnwagen belegt.

Durch die spanische Guardia Civil wurde die Adresse der abgereisten Camper übermittelt. Es waren Holländer und die Familie wohnte in Roermond. Jetzt wurden die holländischen Kollegen um Amtshilfe gebeten. Die sechzehnjährige Tochter der Camper hatte eine gewisse Ähnlichkeit mit Nicole. So verlief diese Spur im Sand.

Es waren die letzten Tage der Ferien und die meisten Lehrer waren aus dem Urlaub zurück. Die Kommissare hatten den Direktor gebeten, das Kollegium zu einer Konferenz einzuladen. Viele waren mit Vorbereitungen für das neue Schuljahr beschäftigt und somit anwesend. Hellermann und Stirn klärten die Lehrerschaft über das Verschwinden von Nicole und die bisherigen Ermittlungsergebnisse auf, soweit sie damit an die Öffentlichkeit gehen konnten.

Am Mittwoch, dem ersten Schultag, versammelten sich alle Schüler der neuen Jahrgangsstufe elf in der Aula. Der Schuldirektor sprach ein paar einleitende Worte und stellte die beiden Kommissare vor.

„Eyyyy, Schimanski und Thanner“, rief ein Witzbold von hinten. Es folgte ein lautes Gegröle der Schüler.

Irgendwelche Klassenclowns, die andere mitreißen, sind wohl in jeder Stufe zu finden, schüttelte Stirn den Kopf.

„Ey, ist das dein Alter?“, rief jemand dem Sohn von Hellermann zu.

„Ruhe, Ruhe!“, versuchte der Direktor, sich Gehör zu verschaffen, was ihm nicht gelang.

Stirn führte Zeige- und Mittelfinger beider Hände in seinen Mund, an die Unterseite der Zunge. Er atmete tief ein und ein schriller, lauter Pfiff hallte durch die Aula. Alle Schüler zuckten zusammen und sofort war es mucksmäuschenstill.

„Das war erst der Warnschuss“, sagte Stirn mit so bestimmter Stimme, dass niemand seine Autorität anzweifelte.

„Wir sind hier nicht auf dem Ponyhof oder beim Zuckerschlecken. Wenn Sie den Klassenclown spielen wollen, machen Sie das gefälligst auf dem Pausenhof. Eine Ihrer Mitschülerinnen ist seit drei Wochen vermisst und wir werden herausfinden, was mit ihr passiert ist. Und es ist uns verdammt ernst damit.“, wandte sich Stirn an den Klassenclown.

„Der Kerl ist ja befangen“, flüsterte ein gestylter und gebügelter Schüler seinem Nachbarn zu. „Mein Alter ist Anwalt und wird dafür sorgen, dass der Schimi von diesem Fall abgezogen wird.“

Der sechzehnjährige Gebügelte kannte sich anscheinend bestens in der juristischen Materie aus. Erst durch die Intervention seines Vaters wurde ihm eine Versetzung in die nächste Klasse ermöglicht.

„Wir werden Sie alle, sofern das nicht bereits geschehen ist, befragen. Erzählen Sie uns alles über Nicole von dem Berg, was Sie wissen. Bitte, jedes Detail ist wichtig“, leitete Stirn die „Reihenuntersuchung“ ein. Das war interner Polizeijargon für die Befragung größerer Gruppen von Menschen.

Auch alle Lehrer, die im letzten Schuljahr die zehnten Klassen unterrichtet hatten, wurden einzeln befragt.

Als Erstes nahm Stirn sich den Klassenclown vor. Er wollte gleich verhindern, dass der Schüler diesen Fall weiter ins Lächerliche zog. Er betrat den Raum zur Zeugenbefragung mit einem Gameboy um den Hals. Er trug eine zu kurz geratene Jeans und einen für die Jahreszeit zu warmen Pullunder. Er war ein heller Typ mit blonden, strähnigen Haaren. Sein Gesicht war durch eine starke Pubertätsakne in Mitleidenschaft gezogen.

Stirn belehrte ihn, dass er als Zeuge verpflichtet wäre, die Wahrheit zu sagen, und nichts verheimlichen dürfte.

Der sechzehnjährige Klausi war ein schüchterner, verlegener Junge. Mutti brachte ihn täglich zur Schule und drückte ihm einen dicken Schmatzer auf die Wange, bevor er das Auto verließ. Seine Klassenkameraden nannten ihn mit Spitznamen Milchbubi. Er würde gerne mitreden, wenn seine

Mitschüler über ihre Erlebnisse mit Mädchen redeten, was er, mangels Erfahrung, nicht konnte. So versuchte er, seine Umwelt mit unpassenden Witzen zu unterhalten. Meistens bemerkte er nicht, dass seine vermeintlichen Freunde nicht über seine Witze, sondern über ihn lachten. Klausi durfte zu Hause keine Krimis gucken. Auf dem Schulhof hörte er bei anderen zu, wenn die über Filme sprachen. Dann erzählte er das so weiter, als ob er diese Filme selbst gesehen hätte.

Klausi änderte seine Strategie. Er versuchte, vor Stirn auf weltmännisch zu machen.

„Nein, Nicole war nicht mein Typ. Ich stehe eher auf reifere Frauen“, erzählte er.

Na toll, du Wurm. Ich glaube nicht, dass reifere Frauen auf dich stehen, dachte Stirn. Er ließ Klausi seine Einschätzung nicht wissen. Nein, der hatte mit dem Verschwinden von Nicole nichts am Hut, war seine Einschätzung. Zu weiteren Spuren konnte der Schüler nichts beitragen.

Hellermann geriet an den Anwaltssohn Guidomar von Grabenholt. Seltener Vorname, überlegte der Hauptkommissar. So ist das bei den Adligen, der Urgroßvater, der Großvater und der Vater heißen wahrscheinlich alle Guidomar, und der Sohn muss in die Familientradition eintreten.

Guidomar betrat den Raum mit erhobenem Kopf, schlug gekonnt mit einer kurzen Kopfbewegung seine Stirnlocke aus dem Gesicht und bemerkte selbstbewusst: „Ich mache von meinem Aussageverweigerungsrecht Gebrauch. Mein Vater ist

Anwalt, ich weiß, wovon ich spreche."

Er setzte sich unaufgefordert auf den freien Stuhl und blickte Hellermann frech ins Gesicht. Er trug Markenjeans und die neueste Swatch. In seiner rechten Hand hielt er eine Herren-Handgelenktasche aus schwarzem Leder. Hellermann schmunzelte. Was wird da wohl drin sein? Ist egal. Dann will ich einmal dem jungen Rolf Bossi schnell den Zahn ziehen.

„Nach Paragraf 55 Absatz 1 der Strafprozessordnung kann jeder Zeuge die Auskunft auf solche Fragen verweigern, deren Beantwortung ihm selbst oder einer der in Paragraf 52 Absatz 1 bezeichneten Angehörigen die Gefahr zuziehen würde, wegen einer Straftat oder einer Ordnungswidrigkeit verfolgt zu werden!", zitierte Hellermann aus der StPO.

„Wenn Sie als Verdächtiger in den Fall verwickelt sein sollten, dürfen Sie die Aussage verweigern. Ihrer Aussageverweigerung muss ich entnehmen, dass Sie sich als Beschuldigter fühlen, zumindest irgendwie in den Fall verwickelt sind?"

Dem arroganten Schüler klappten die Mundwinkel runter. Er war nicht dumm, aber so weit hatte seine Intelligenz dann doch nicht gereicht. Dass er sich mit einer Verweigerung der Aussage ein Eigentor geschossen hatte, wurde ihm erst jetzt klar.

„Natürlich habe ich nichts mit Nicoles Verschwinden zu tun und selbstverständlich will ich zur Aufklärung des Falls beitragen. So hatte ich das nicht gemeint. Das haben Sie missverstanden, Herr Kommissar", ruderte der Schnösel zurück.

Was wird einmal aus solchen Typen?, fragte sich Hellermann. Sind das die, die aufgrund ihrer

Inkontinenz, aber mit Beziehungen, auf irgendwelchen Chefsesseln landen? Heißt das nicht Inkompetenz? Wie ist das richtige Wort für diesen Guidomar, der hier vor mir sitzt?

Guidomar von Grabenholt wunderte sich, was der Kommissar so lange überlegte. Hellermann unterbrach seine Gedanken.

„Na gut, gehen wir jetzt zur Tagesordnung über. Waren Sie auf den Feiern zur Fußball-WM in Mettmann und haben etwas gesehen, was fallrelevant für uns ist?“

„Ich meine, Nicole am Samstag, zum Italienspiel, kurz im Posthirsch gesehen zu haben. Mit ’nem Typen.“

„War das Nicole oder Tanja?“

„Gute Frage. Weiß ich nicht.“

Da Tanja nichts von einer Männerbegleitung erwähnt hatte, musste es sich wohl um Nicole handeln.

„Kennen Sie den Mann? Können Sie ihn beschreiben?“

„Nein, es war ziemlich dunkel und voll in der Kneipe. War vielleicht ein Italiener. Es waren viele Italiener dort.“

„Ist Ihnen irgendetwas aufgefallen? Größe, Haare, Kleidung. Irgendetwas Brauchbares für uns?“

„Nee, die guckten kurz rein und gingen wieder. War den beiden wohl zu voll.“

„Um welche Uhrzeit war das?“

„Ziemlich am Ende des Spiels. War gerade das zwei zu eins für Italien nach dem Elfer gefallen.“

„Falls Ihnen noch etwas einfällt“, Hellermann gab dem Möchtegerne-Anwalt seine Visitenkarte, „melden

Sie sich bitte. Und wenn ich Ihnen etwas auf den Weg mitgeben darf: Überlegen Sie es sich das nächste Mal genauer, wenn Sie von Ihrem Recht auf Aussageverweigerung Gebrauch machen möchten."

„Jaja", sagte Guidomar und verließ den Raum.

‚Jaja' heißt leck mich am Arsch, dachte Hellermann. Dennoch hatte der arrogante Anwaltssohn zum ersten Mal einen Hauch einer Spur abgegeben. Nicole wurde das letzte Mal am Samstagabend zwischen halb zehn und viertel vor zehn in der Innenstadt von Mettmann gesehen.

Auf dem Gang vor dem Klassenzimmer, das schnell zum Befragungsraum für die Polizei umfunktioniert worden war, standen die nächsten Schüler zur Befragung. Was Hellermann nicht wusste: Der arrogante Anwaltssohn brüstete sich vor seinen Klassenkameraden, wie er den Schimanski weichgekocht hätte, der hätte nichts von ihm erfahren.

Natürlich war Nicole das Thema nicht nur bei den Schülern ihrer Stufe. In vielen anderen Klassen wurde ebenfalls lebhaft diskutiert. Nicole war aufgrund ihres Aussehens und Auftretens in der ganzen Schule bekannt.

Samstagabend traf sich die halbe Stufe im Radieschen, dem gemütlichen Biergarten am Kirchendeller Weg. Guidomar hatte eingeladen. Er wollte eine Taskforce ins Leben rufen, um Nicole zu finden. Hellermanns Sohn Alexander war dabei. Er war einfach neugierig, was sein Stufenkamerad vorhatte, und berichtete seinem Vater abends von der Veranstaltung.

„Nichts Besonderes, nur heiße Luft von GvG. Ich

kann den nicht leiden“, erzählte Alexander.

„Was heißt GvG?“, fragte der Vater.

„Das ist die Abkürzung für Guidomar von Grabenholt, GvG“, klärte Alexander auf.

„Ach so. Das ist eine DBA“, ergänzte Hellermann.

„Und was ist das wieder? DBA? Ist das Polizeijargon?“, rätselte sein Sohn irritiert.

„Ne. DBA heißt Drei-Buchstaben-Abkürzung“, grinste der Vater.

„Okay. Eins zu eins bei Abkürzungen“, lachte Alexander.

Obwohl Hellermann seinem Sohn nichts über die Vernehmung des arroganten Mitschülers erzählt hatte, teilten Vater und Sohn die Einschätzung über Guidomar von Grabenholt.

„Halt einfach die Augen und Ohren auf, falls du etwas erfährst, was für uns wichtig ist“, bat Hellermann. „Sollst natürlich nicht spionieren, sondern einfach wachsam sein.“

„Klar, Papa“, bestätigte Alexander mit einem Augenzwinkern.

Dass diese Unterhaltung zwischen Vater und Sohn zweiunddreißig Jahre später eine große Rolle in der Aufklärung des Falles spielen sollte, wusste zu dieser Zeit niemand.

Kapitel 13

Nach drei Wochen hatte die SOKO „Nicole“ nicht allzu viel vorzuweisen. Nicole wurde in Begleitung eines oder unterschiedlicher Männer das letzte Mal nach dem WM-Spiel um den dritten Platz am Samstag gesehen. Die Beschreibungen der Begleitpersonen waren widersprüchlich.

Die bundesweite Fahndung brachte keine brauchbaren Ergebnisse.

Inzwischen hatten sich die Eltern in einem dramatischen Aufruf an die Fernsehanstalten gewandt. Die Bildzeitung unterstützte mit einer Fahndung auf der Titelseite. Die SOKO „Nicole“ wurde weiter aufgestockt, um die vielen Anrufe abzuarbeiten.

Die Fahnder hatten ihre Strategie in der Zwischenzeit geändert. Sie gingen nicht mehr davon aus, dass eine Entführung vorlag. Ein heimlicher Urlaub war ebenfalls unwahrscheinlich. Sie vermuteten ein Gewaltverbrechen und zogen in Erwägung, dass Nicole nicht mehr lebte.

Ein Sexualdelikt war möglich und wahrscheinlich. Auch ein Racheakt konnte nicht ausgeschlossen werden.

Einige Tage nach Schulbeginn kam ein interessanter Hinweis von einer Schülerin. Ihr hatte eine Mitschülerin unter dem Deckmantel der Verschwiegenheit ein Geheimnis anvertraut. Janine Holzmann hatte beobachtet, dass sich im Geräteraum der Sporthalle zwei Personen gestritten hatten. Die eine hätte Nicole sein können. Die Schülerin wurde noch am selben Tag zu einer weiteren Befragung einbestellt. Sie erschien in Begleitung ihrer Mutter.

„Ich mache Sie darauf aufmerksam, dass Sie hier als Zeugin die Wahrheit sagen müssen. Sie dürfen nichts verschweigen. Eine Ihrer Mitschülerinnen erzählte uns, dass Sie vor den Ferien im Geräteraum der Sporthalle ein Gespräch beobachtet hätten?"

„Diese ätzende Schnalle hat wieder gepetzt", stöhnte Janine.

„Nein, sie hat uns die Wahrheit gesagt", klärte Stirn auf, „und das erwarte ich auch von Ihnen. Es geht hier um ein Gewaltverbrechen, das wir aufklären müssen. Und da ist jedes noch so kleine Detail wichtig. Erzählen Sie, was Sie beobachtet haben."

„Ich habe zwei Personen gehört, die sich im Geräteraum der Sporthalle heftig und laut gestritten haben. Ich konnte nicht verstehen, worum es ging. Es war eine Frau und ein Mann. Eine junge Frauenstimme", sagte Janine aus.

„Konnten Sie die Stimmen zuordnen?"

„Nein. Ob das Nicols Stimme war, weiß ich nicht. So genau kenne ich Nicole nicht. Die andere Stimme war männlich. Wem die gehörte, weiß ich auch nicht."

„War das eine junge oder eine ältere Stimme?", fragte Stirn. Er wollte darauf hinaus, ob es eher ein Schüler oder ein Lehrer gewesen sein könnte, ohne direkt danach zu fragen.

„Eher älter, so genau weiß ich das nicht."

„Wann war das?"

Mein Gott, dachte Stirn, muss man der alles aus der Nase ziehen!

„So kurz vor den Sommerferien. Ich hatte meine

Tasche auf einer Bank in der Sporthalle vergessen."

„Kann das eventuell eine Spur in Richtung Lehrer sein?", fragte sich Stirn.

Nach dem dramatischen Aufruf der Familie im Fernsehen hatten sich zahlreiche Zeugen gemeldet. Jeder einzelnen Zeugenaussage gingen die Ermittler nach. Ein Zeuge, der anonym bleiben wollte, meinte, er hätte Nicole in einem Istanbuler Bordell gesehen. Er machte keine detaillierten Angaben zu dem Etablissement. Alle SOKO-Mitarbeiter waren einstimmig der Meinung, dass diese Spur nicht sehr vertrauenswürdig und vielversprechend war. Trotzdem leiteten sie einen Fahndungsaufruf an die Kollegen in der Türkei weiter. Mit einer schnellen Auskunft der Istanbuler Behörden war nicht zu rechnen.

Der Campingplatz an der Costa Brava kam auch wieder ins Spiel. Dieser Spur waren sie bereits ohne Ergebnis nachgegangen.

Die Ermittler traten auf der Stelle, als sie ungeliebte Unterstützung von der Boulevard-Presse erhielten. *„Ermittler tappen im Dunkeln. Spur führt nach Istanbul"* stand in großen Lettern auf der Titelseite einer großen Tageszeitung. Der Kriminaldirektor erkundigte sich täglich über den Fortschritt der Ermittlungen. Er wusste, dass er sehr gute Leute auf den Fall angesetzt hatte, aber hier schien der Wurm drin zu sein. Der Vater machte riesigen Druck, rief täglich bei ihm an, um zu schimpfen, ob Dick und Doof immer noch im Team seien, wann er die Rentner endlich abziehen würde. Er gab keine Ruhe. Mit

Informationen an die Presse, so auch die angebliche Spur nach Istanbul, hatte er einige Male quergeschossen.

Parallel zu den Befragungen im Schulumfeld von Nicole hatten die Kommissare das private und geschäftliche Umfeld von Dr. von dem Berg durchleuchtet. Privat hatte niemand eine Auffälligkeit gefunden. Die Ehe schien in Ordnung und das Verhältnis zu den Töchtern war so, wie man sich eine Beziehung zwischen Eltern und sechzehnjährigen pubertierenden Töchtern vorstellte – kompliziert. Der Vater kümmerte sich durch seinen Beruf wenig um die Familie. Die Ehefrau gab das Geld, das er verdiente, mit vollen Händen aus. Die Zwillingsschwestern gingen ihren eigenen Weg. Nicole suchte sich Vaterersatz mit wechselnden Freunden und Tanja war sozial engagiert. Sie fuhr ältere Menschen im Rollstuhl aus einem Seniorenwohnheim spazieren oder machte Besorgungen für sie.

Wirtschaftlich standen die von dem Bergs gut da. Die Kredite für die teure Praxiseinrichtung und der Leasingvertrag für die teuren Autos wurden pünktlich bedient. Auch die Hypotheken auf das Haus wurden regelmäßig getilgt. Auf die Zwillinge hatten die Eltern eine nicht unerhebliche Unfallversicherung abgeschlossen. Daraus konnte niemand ein Motiv basteln.

Ein SOKO-Mitarbeiter entdeckte in den Kontobewegungen höhere Überweisungen an einen Anwalt. Von dem Berg verweigerte die Aussage hierzu und meinte, dass das niemanden etwas angehen würde.

Hellermann wurde das erste Mal wütend.

„Herr Dr. von dem Berg. Es geht hier nicht um einen Fahrraddiebstahl. Ihre Tochter ist seit einigen Wochen verschwunden. Da ist verdammt nochmal jedes Detail wichtig. Auch aus Ihrem Berufs- und Privatleben. Und jetzt endlich raus mit der Sprache, oder muss ich erst mit einem richterlichen Beschluss zu einer Hausdurchsuchung kommen? Mensch, Sie wollen doch, dass Ihre Tochter wieder nach Hause kommt!“

Von dem Berg war sichtlich überrascht, so angesprochen zu werden. Damit hatte er nicht gerechnet.

Offenbar ist das genau die Ansprache, die in dieser Situation für ihn passend ist, freute sich Hellermann.

Nach einer kurzen Pause erzählte von dem Berg von einem Fall in seiner Wuppertaler Praxis, der ihm unangenehm war.

Er hatte zu Beginn seiner Tätigkeit als Kieferchirurg eine junge Patientin operiert. Es hatte Komplikationen nach der OP gegeben. Die Kieferhöhle hat sich entzündet und die Sechzehnjährige verlor ihr Augenlicht. Der Vater gab dem Arzt die Schuld und verklagte ihn wegen eines angeblichen Kunstfehlers. Den Prozess hatte von dem Berg gewonnen. Es konnte ihm kein Fehler nachgewiesen werden. Der Vater war darüber aufgeklärt worden und hatte unterschrieben, dass Komplikationen wie Entzündungen auftreten können. Beim Zivilprozess hatte der Vater der Erblindeten nach dem Urteilsspruch schlimme Beleidigungen und Drohungen gegen den Arzt ausgesprochen.

Das wäre zum ersten Mal jemand mit einem klassischen Motiv, abgesehen von verschmähter Liebe eines Teenagers und Klassenkameraden.

Es war für die Kripo nicht schwer, die Gerichtsakten über die Staatsanwaltschaft anzufordern.

Der Mann hieß Werner Schmittke und wohnte in Wuppertal-Barmen. Er hatte sich inzwischen von seiner Frau getrennt, beziehungsweise die Frau sich von ihm. Sie war mit der erblindeten Tochter ausgezogen. Das ständige Schimpfen auf den Arzt hatte sie satt. Sie wollte ihre ganze Kraft ihrer Tochter widmen, die das nötiger brauchte. Der Vater war von seinen Hassvorstellungen nicht abzubringen.

Hellermann und Stirn besuchten Schmittke in Barmen. Er lebte in einer kleinen Zweizimmerwohnung und war arbeitslos. Die Wohnungseinrichtung war schlicht und heruntergekommen. Ein fleckiges und abgenutztes Sofa war der Mittelpunkt des Wohnzimmers. Auf dem Tisch davor standen zwei Pizzakartons und einige leere Bierflaschen. Ein Aschenbecher quoll über und es stank in dem ganzen Raum nach kaltem Qualm. Vor seinem Schicksalsschlag war er Chefredakteur einer Zeitschrift aus der Regenbogenpresse gewesen. Als er das Blatt für seinen persönlichen Rachefeldzug gegen den Arzt benutzte, hatte der Verlag ihm gekündigt. Er fand danach keinen Job und lebte von Sozialhilfe. Für das alles gab er von dem Berg die Schuld.

Schmittke wusste nicht, warum die Kommissare ihn besuchten, und so plauderte er munter seine Hasstiraden weiter.

„Daran ist der Scharlatan schuld“, wiederholte

Schmittke zum dritten Mal. „Tochter blind, Ehe kaputt, Job weg. Alles wegen einem einzigen Kerl."

„Herr Schmittke, wo waren Sie am Samstag, den 7.Juli, und Sonntag, den 8. Juli?", fragte Hellermann. Es waren über vier Wochen seit dem Verschwinden von Nicole an diesem Wochenende verstrichen.

„Weiß ich nicht."

„Ich helfe Ihnen weiter. Das war das Wochenende, an dem das Endspiel zur Fußballweltmeisterschaft war."

„Keine Ahnung. Zu Hause, Fernseh geguckt."

„Gibt es Zeugen dafür? Versuchen Sie sich zu erinnern!"

„Ne, war allein, hab keine Freunde", antwortete Schmittke. Sein Blick ging an den Kommissaren vorbei ins Leere. Er wirkte total abwesend.

Hellermann und Stirn schauten sich fragend an. Irgendwie tat Schmittke ihnen leid. Andererseits hatte er ein Motiv und kein Alibi. Sie waren Profis genug, um zu wissen, was zu tun war.

„Herr Schmittke, wir müssen Sie bitten, mit zum Mettmanner Kommissariat zu kommen. Sie stehen im Verdacht, in ein Verbrechen zum Nachteil der Tochter von Dr. von dem Berg verwickelt zu sein", sagte Stirn und belehrte Schmittke über seine Rechte.

„So ein Quatsch!", stammelte Schmittke. „Ich höre zum ersten Mal, dass mit der was passiert ist. Ich habe damit nichts zu tun."

Schmittke saß im Vernehmungszimmer und wartete auf sein Verhör. Hellermann, Stirn und der leitende Kriminaldirektor beobachten ihn durch das halb durchlässige Spiegelglas. Zusätzlich hatte der Vorgesetzte einen Kommunikationsexperten vom LKA aus Düsseldorf hinzugezogen. Nach Wochen ohne Ergebnis stand die Polizei unter erheblichem Druck der Öffentlichkeit. Es wurden alle Register gezogen, um in diesem Fall weiterzukommen.

Das Verhör brachte keine neuen Erkenntnisse. Schmittke beteuerte seine Unschuld.

„Wie sollte ich der was antun?“, sagte er resigniert. „Ich habe kein Auto und keinen Führerschein. Und Geld, um zu verschwinden, habe ich auch nicht.“

„Wir werden das überprüfen“, sagte Stirn knapp.

Tatsächlich war Schmittke vor zwei Jahren wegen Trunkenheit am Steuer die Fahrerlaubnis entzogen worden und ein Auto war auch nicht auf ihn zugelassen.

Hellermann und Stirn diskutierten.

„Er hat kein Alibi und ein Motiv.“

„Es gibt aber keine Indizien oder Zeugen, die ihn in Mettmann gesehen haben.“

„Wie soll er ohne Führerschein und Auto in Mettmann das Mädchen verschwinden lassen?“

„Einen Leihwagen kriegst du auch nicht ohne Führerschein.“

„Wir haben nichts gegen ihn in der Hand.“

„Da brauchen wir erst gar nicht bei der Staatsanwaltschaft wegen Haftbefehl oder Durchsuchung seiner Wohnung anzuklopfen“, resümierte Hellermann enttäuscht.

Schmittke wurde entlassen mit der Auflage, sich nicht aus Wuppertal zu entfernen.

„*Erste Verhaftung im Fall Nicole!*“ stand in großen Lettern auf der Titelseite einer Boulevardzeitung am nächsten Morgen. Mit einem Bild, wie Schmittke vor dem Kommissariat in der Bismarckstraße aus einem Auto stieg. Zum Glück war sein Gesicht nicht zu erkennen. Der Leiter der Kriminaldirektion tobte. Der Supergau war perfekt.

„Wie konnte das passieren?“, schimpfte er. Als der Innenminister persönlich anrief, um sich zu erkundigen, wie so eine Panne entstehen konnte, war die Nervosität groß. Abends erschien ein Dementi des Landrates.

Eine eilends einberufene Konferenz aller Kommissariatsleiter und Mitarbeiter der SOKO „Nicole“ sollte Klarheit bringen.

Niemand hatte bemerkt, dass ein Auto gegenüber dem Kommissariat parkte. Ein Fotograf der ‚BILD‘ hatte den Schnappschuss gemacht, als Schmittke aus dem Dienstwagen von Hellermann stieg. Das Kind war in den Brunnen gefallen. Jetzt musste versucht werden, dass kein weiterer Schaden entstand.

Schmittke meldete sich bei Hellermann. Er wäre zum besagten Tag einkaufen gewesen und hatte einen Kassenbon gefunden, der das belegte. „Eine Verkäuferin kann belegen, dass ich an diesem Wochenende zwei Mal dort Bier eingekauft habe“, teilte Schmittke dem SOKO-Leiter sein Alibi mit.

„Wir werden das überprüfen“, erwiderte Hellermann.

Tatsächlich konnte die Imbissinhaberin das Alibi bestätigen. Somit war wieder eine Spur im Sand verlaufen.

Hellermann war total geknickt. Dem Ziel so nah und wieder so weit weg. Mit Mühe konnte er nach Feierabend seine Enttäuschung verbergen.

Kapitel 14

Klaus Kapteiner, der Nachbar der verschwundenen Nicole, meldete sich bei Hauptkommissar Stirn.

„Ich habe auf einer Feier von einem Gerücht gehört“, sagte er aus. „Die verschwundene Schülerin soll ein Verhältnis mit einem Lehrer gehabt haben.“

„Wer hat das behauptet? Woher weiß diese Person das? Oder sind das Vermutungen?“, bohrte Stirn nach.

„Da standen ein paar Leute auf dieser Party zusammen. Sie unterhielten sich über Nicole von dem Berg. Einer, den ich nicht kannte, erzählte von dem Gerücht.“

„Bei wem und wann fand die Party statt? Wie sah der Gast aus, der das gesagt hat?“

„Das war letztes Wochenende bei Familie Simon. Sie wohnen im Erlenhain. Der Gast war groß und sportlich. Er trug einen gepflegten Dreitagebart.“

„Vielen Dank, Herr Kapteiner, wir sind dankbar über jeden Hinweis“, entließ Stirn den Zeugen.

„Hier ist Stan, komm schnell rüber, Oliver. Es gibt was Neues.“, rief Stirn seinen Kollegen an. Die beiden konnten gut mit ihren Spitznamen umgehen und nahmen sich selber damit gerne auf den Arm. Stirn berichtete Hellermann von dem Gespräch mit Kapteiner.

„Mist, da war doch auch die Aussage einer Schülerin.“ Hellermann blätterte in den Aktenordnern und suchte das Protokoll.

„Hier, ich hab’s. Spur 98. Eine Schülerin hat eine Beobachtung in der Sporthalle gemacht. Zwei

Stimmen, eine männlich, die andere weiblich, haben gestritten", zitierte Hellermann. „Da keine der Stimmen einer Person zugeordnet werden konnte, konnten wir dieser Spur nicht weiter nachgehen. Vielleicht besteht ein Zusammenhang?"

„Wir müssen mit der Familie sprechen, bei der die Feier stattfand. Wie heißen die – Simon. Wir brauchen alle Gäste und den, der von dem Gerücht erzählt hat."

„Und die Schülerin, die den Streit beobachtet hat, müssen wir auch noch einmal vernehmen."

Familie Simon wohnte neben den jungen Eltern, bei denen Nicole angeblich das Baby gehütet hatte. Herr Simon war der ehemalige Deutschlehrer von Nicole und Tanja. Nachmittags trafen sie den Lehrer zu Hause an.

„Ja, der Beschreibung nach müsste das Quadrat, unser Vertrauenslehrer, sein. Er war auf der Party", sagte der Lehrer.

„Quadrat?", fragte Hellermann nach. „Habe ich mich verhört?"

„Entschuldigung. Quadrat ist sein Spitzname. Er heißt Wurzel und unterrichtet Mathe und Naturwissenschaften. Bei diesem Nachnamen ist der Spitzname quasi Programm. Er heißt Klaus Wurzel. Ich glaube, er kommt aus Heiligenhaus."

Hellermann und Stirn mussten schmunzeln. Offensichtlich waren Spitznamen nicht nur unter Polizeikollegen verbreitet. Die beiden Ermittler ließen sich eine Liste mit den Namen der Gäste geben und fuhren zurück ins Kommissariat.

Sie informierten alle Kollegen der SOKO „Nicole",

die inzwischen auf zwanzig Mitarbeiter aufgestockt worden war. Zwei Kollegen sollten die Gäste der Feier, die im Erlenhain wohnten, befragen. Die Kommissare fuhren ins HHG. Auf dem Schulhof war ein reges Treiben. Es war gerade Pause.

„Nicht viel anders als zu unserer Zeit", schmunzelte Hellermann.

„Die Klamotten sind anders", stellte Stirn fest.

„Mal schauen, wo mein Filius steckt." Hellermann schaute sich auf dem Pausenhof um, ob er seinen Sohn Alexander irgendwo sehen konnte.

Der Schulleiter wurde informiert, dass eine Entwicklung im Fall Nicole es notwendig machte, alle Lehrer zu befragen. Natürlich nannten sie keine Details und der Oberstudiendirektor Dr. Heft war sehr überrascht. Er zeigte sich jedoch äußerst kooperativ. Damit der Schulbetrieb nicht gestört wurde, übergab er eine Liste mit den Freistunden seiner Mitarbeiter. Somit mussten die Befragungen nicht während der Pausen durchgeführt werden. Die Gerüchteküche würde dadurch nicht genährt. Zuerst sollten die Kollegen befragt werden, die auf der Feier von Deutschlehrer Simon gewesen waren. Der Schulleiter stellte den Kommissaren dafür sein Büro zur Verfügung.

Die meisten Lehrer von der Party konnten nicht viel berichten. Wichtigster Partybesucher für die Kommissare war Klaus Wurzel.

Der Schulleiter gab den beiden Kommissaren eine kurze Beschreibung des Mathelehrers. „Einer meiner besten Lehrer. Er macht einen überaus anschaulichen Unterricht für Mathematik und Naturwissenschaften.

Alle Schüler bezeichnen ihn als streng, aber gerecht. Er wurde mit großer Mehrheit zum Vertrauenslehrer gewählt."

In der nächsten Pause saß Wurzel Stirn und Hellermann im Direktorzimmer gegenüber. Wurzel, alias Quadrat, hatte mittelbraune, lockige Haare, war schlank und sportlich. Er trug Jeans mit einem Holzfällerhemd und dazu passende Turnschuhe. Der Naturwissenschaftler sagte kurz und präzise aus, er hätte von einem Kollegen gehört, dass Nicole und ein Kollege intensive Blicke ausgetauscht hätten. Das wäre ihm verdächtig vorgekommen. Er hätte versucht zu beobachten, ob das stimmt. „Ich habe Nicole und den Kollegen nie zusammen gesehen. Ich kann nicht sagen, ob da was dran ist.", sagte der Lehrer.

„Wer war der Kollege, der das beobachtet hat?"

„Ich möchte niemanden in die Pfanne hauen", entgegnete Wurzel. „Ich bin Vertrauenslehrer! In diesem Amt bin ich in erster Linie Ansprechpartner für die Schüler. Für Streit unter Kollegen bin ich eigentlich nicht zuständig. Da soll sich die Schulleitung drum kümmern."

„Für Vertrauenslehrer gilt keine Schweigepflicht, im Gegensatz zu Ärzten oder Pfarrern. Als Zeuge sind Sie verpflichtet, die Wahrheit zu sagen und nichts auszulassen" belehrte Stirn. „Sie machen sich sonst strafbar."

„Der Kollege, der mir das anvertraute, war einer unserer Sportlehrer, Herr Schmilewski. Er meinte Nicole und sein Sportlehrerkollege Reich würden sich verliebt ansehen", berichtete Wurzel. „Aber von mir haben Sie das nicht!"

„Seltsam, Herr Wurzel. Auf der Feier haben Sie darüber erzählt und hier wollten Sie dazu nichts aussagen. Das passt nicht zusammen. Von einem Vertrauenslehrer hätte ich das genau andersherum erwartet. Auf der Feier nicht zu tratschen und bei uns mit dieser Aussage die Aufwartung zu machen." Hellermann sagte dem Mathelehrer direkt und klar, was er von ihm und dem Tratsch auf der Feier hielt.

Die beiden Kommissare berieten sich.

„Wen zuerst, Reich, den Beschuldigten, oder Schmilewski, den Beobachter?", fragte Stirn.

„Weiß nicht?", antwortete Hellermann. „Lass die beiden heute Nachmittag im Kommissariat antreten. Wir lassen sie vor der Vernehmung ein paar Minuten gemeinsam im Wartebereich sitzen. Mal sehen, wie die sich benehmen."

„Gute Idee."

Die Befragung der übrigen Lehrer brachte nichts Relevantes. Außer der Tatsache, dass zwei Lehrer sehr zerstritten waren. Die Kommissare hatten bemerkt, wie sie sich lauthals im Lehrerzimmer angifteten.

„Hast du gehört, wie die sich anblöken?", fragte Hellermann seinen Kollegen.

„In so einem Betriebsklima möchte ich nicht arbeiten", bemerkte Stirn. „'Von dir übernehme ich keine Klasse', hat da einer seinen Kollegen angebrüllt. Da herrscht ja eine super Stimmung."

„Da muss ich nachher meine Kinder fragen. Vielleicht können die Hinweise dazu geben, wer da mit wem nicht kann“, sagte Hellermann interessiert, „schauen wir zuerst, was unsere beiden Sportler so übereinander erzählen.“

Am späten Nachmittag saßen die beiden Sportpädagogen Reich und Schmilewski im Wartebereich. Stirn fiel auf, dass sie sich nichts zu sagen hatten. Sie würdigten sich nicht eines Blickes. Rein optisch waren die beiden total gegensätzlich. Reich war der smarte Typ. Er hätte Jürgen Kliensmann doubeln können. Lockige blonde Haare, vorne kurz und hinten lang. Diese moderne Frisur wurde *Vokuhila* genannt. Sein Kollege Schmilewski dagegen hatte sehr kurz geschorene Haare, fast eine Glatze. Er war ein Muskelbrocken, durchtrainiert bis zum letzten Muskel.

„Der hat ’nen Bizeps wie ich Oberschenkel“, bemerkte Stirn. „Mit dem möchte ich keinen Streit anfangen.“

„Hast du seine Tattoos und den Ohrring gesehen?“, ergänzte Hellermann. „Der kommt bestimmt gut bei seinen Schülern an.“

„Und besonders bei den Schülerinnen.“

Mit dem Muskelmann Schmilewski wollten sie starten – zum Warmwerden. Er wurde belehrt über seine Rechte und Pflichten und dass er als Zeuge hier wäre.

„Wie Sie vermuten können, geht es um die vermisste Nicole. Herr Schmilewski, wir möchten sofort starten mit einem Gerücht, das offensichtlich von Ihnen verbreitet wird. Sagen Sie uns bitte hierzu Näheres“, begann Stirn.

„Ja. Ich habe beobachtet, wie Reich und Nicole sich

Blicke zugeworfen haben. Mehr habe ich nicht gesehen und anderes habe ich über ihn nicht gesagt. Das ist kein Gerücht und weitere Interpretationen gibt es meinerseits nicht“, führte der Athlet aus.

„Zu welcher Gelegenheit war das?“, fragte Stirn.

„Mehrfach. Beim Sportfest letztes Schuljahr und während einer Pause, als wir Aufsicht hatten“, berichtete Schmilewski.

„Wie stehen Sie zu Ihrem Kollegen?“

„Es ist allgemein bekannt, dass wir nicht gemeinsam in den Urlaub fahren würden. Heute im Lehrerzimmer gab es wieder eine Auseinandersetzung.“

„Worum ging es?“

„Um unsere Unterrichtsmethoden. Ich fordere und er hat den weichen Stil“, erklärte Schmilewski. „Da geraten wir manchmal aneinander. Das war heute wieder so. Er brüllte mich an, dass man von mir keine Klasse übernehmen könne, ich überfordere die Schüler. Die wären alle ausgelaugt und kaputt durch meine Methoden.“

„Dann waren Sie beide das heute im Lehrerzimmer, der laute Streit?“

„Ja, genau. Aber was heißt Streit? Er brüllt und wird beleidigend. Ich halte mich zurück. Nicht, dass Sie denken, meine Beobachtung ist eine hinterhältige Retourkutsche. Ich habe das so beobachtet. Sie müssen Ihre Schlüsse daraus ziehen.“

„Warum haben Sie uns das nicht früher erzählt?“, fragte Stirn.

„Wir können uns nicht leiden. Das weiß hier jeder. Das hätte er mir doch als Verleumdung ausgelegt. Wird er bestimmt noch. Ich dachte, bei Quadrat wäre diese Information dicht und er gibt das als Vertrauenslehrer nicht weiter. Hab ich mich wohl getäuscht."

„Okay. Vielen Dank. Das wär's für heute."

Dann kam der smarte Reich an die Reihe. Hellermann und Stirn waren warmgelaufen.

„Kannten Sie die verschwundene Nicole?", begann Hellermann die Befragung.

„Vom Sehen. Als Männer unterrichten wir Jungen. Die Mädchen werden von Lehrerinnen unterrichtet", klärte Reich auf.

„Vom Sehen? Oder war da eventuell mehr?", bohrte Stirn nach.

„Was soll das? Wollen Sie mir unterstellen, ich hätte mit ..."

„Wir unterstellen hier nichts", unterbrach der Kommissar eilig. „Es gibt eine Beobachtung eines Kollegen ..."

Reich sprang auf. Sein Stuhl flog um. Mit rotem Kopf schrie der Lehrer: „Das kann nur der mit Anabolika abgefüllte Schülerquäler behauptet haben!"

Hellermann erhob sich. „Stopp, stopp, stopp, Herr Reich. Setzen Sie sich wieder hin und beruhigen Sie sich. Und Vorsicht mit Beleidigungen. ‚Schülerquäler' ist eine Beleidigung."

„Und mit Anabolika abgefüllt ist eine Verleumdung, für die es zu einer Anzeige kommen kann", ergänzte Stirn.

„Wenn Sie sich beruhigt haben, machen wir weiter. Also, war da etwas zwischen Nicole und Ihnen? Das muss ja nichts Schlimmes gewesen sein. Schülerinnen können manchmal für Lehrer schwärmen. Das heißt nicht, dass es ein Fehlverhalten Ihrerseits gab. Wir müssen jeder Spur nachgehen“, versuchte Stirn, eine Brücke zu bauen, um den Lehrer wieder auf den Teppich zu holen.

Reich wurde zwar ruhiger, er schimpfte jedoch über seinen Kollegen.

„Dieser Typ ist nicht tragbar. Vergiftet das Kollegium mit falschen Behauptungen. Ihn werde ich wegen Verleumdung verklagen!“, rief er.

„Vielleicht sollten wir wieder auf die sachliche Ebene zurückkommen. Sie sagen, dass da nichts war zwischen Ihnen und Nicole?“

„Nein. Nichts, nada, nothing, niente“, sagte Reich trotzig.

„Keinen Streit zwischen Ihnen und Nicole im Geräteraum der Sporthalle?“, fragte Hellermann.

Es zuckte kurz in den Augen und Mundwinkeln von Reich. Stirn fiel es auf. Doch schon hatte der Lehrer sich wieder unter Kontrolle.

„Wieso soll ich mich da mit Nicole gestritten haben?“, fragte Reich zurück.

„Haben Sie? Worum ging es?“, hakte Hellermann nach.

„Nein, natürlich nicht. Ich kenne das Mädchen nur vom Sehen.“

„Wo waren Sie an dem Wochenende, als das WM-Endspiel stattfand?“

Reich überlegte. „In Düsseldorf, in der Altstadt. Am Samstag und am Sonntag.“

„Waren Sie in Begleitung? Gibt es Zeugen?“

„Nein, ich war ohne Begleitung. Ich bin ledig und

ungebunden."

„Schreiben Sie uns bitte auf, welches Lokal das war. Wir werden das überprüfen. Sie können fürs Erste gehen. Halten Sie sich aber zu unserer Verfügung."

Stirn und Hellermann warfen sich einen Blick zu. Sie kannten sich lange genug, um sich ohne Worte zu verstehen. Zu diesem Zeitpunkt war von Reich nichts zu erfahren. Sie mussten viele Nachforschungen anstellen, um Beweise oder weitere Indizien zu erhalten.

„Wie kommen wir an den ran?", fragte Stirn. „Ich glaube fest, dass der was mit dem Fall zu tun hat."

„Im Moment haben wir nur einen Verdacht."

Der Schülerin, die den Streit zwischen zwei Personen beobachtet hatte, wurden Ausschnitte aus dem Verhörprotokoll mit Reich vorgespielt. Techniker hatten das Band so zusammengeschnitten, dass keine Rückschlüsse auf den Inhalt geschlossen werden konnten, nur auf die Stimme. Sie konnte die Stimme nicht zuordnen.

„Schade, das wäre auch zu schön gewesen", resignierte Stirn. „Wir müssen weitersuchen."

Kapitel 15

Mittlerweile war es September. Es gab immer noch keine heiße Spur im Fall von Nicole. Der arbeitslose Schmittke schied quasi aus. Bei Reich gab es gewisse Verdachtsmomente, die aber sehr dünn waren.

Die Staatsanwaltschaft hatte Anklage gegen die beiden Schüler erhoben wegen versuchter Erpressung. Der Prozess fand vor der Jugendstrafkammer in Wuppertal unter Ausschluss der Öffentlichkeit statt. Die zwei waren minderjährig. Stirn und Hellermann waren als Zeugen geladen. Für die Verhandlung war ein Tag angesetzt. Christian und Stefan waren geständig und bereuten ihre Tat. Zuvor waren sie nie mit dem Gesetz in Konflikt geraten.

Nachdem Hellermann seine Aussage vor Gericht zu Protokoll gegeben hatte, wandte er sich an den Richter mit der Bitte, ein paar Worte seiner Aussage hinzufügen zu dürfen.

„Herr Vorsitzender, Christian und Stefan fragten mich nach ihrem Geständnis, ob sie etwas für die Familie von dem Berg tun könnten. Tatsächlich wurden die beiden von mir beobachtet, wie sie mit der Zwillingsschwester Tanja Steckbriefe mit Nicole darauf an Geschäfte verteilt haben“, führte Hellermann aus.

„Unverschämt!“, brüllte von dem Berg, der als Nebenkläger auftrat. Er hatte sich bereits mehrfach unaufgefordert eingemischt. Der Richter ermahnte ihn zum letzten Mal. Beim nächsten Zuruf würde er ein Verwarnungsgeld verhängen, und ihn von der

Verhandlung ausschließen.

Die Plädoyers wurden gehalten. Selbst der Staatsanwalt plädierte für ein Urteil ohne Jugendhaft. Der Richter zog sich mit den beiden Schöffen zur Beratung zurück. Nach zehn Minuten wurde die Verhandlung mit der Urteilsverkündung fortgesetzt.

Stefan Berg-Haberland und Christian Seewald wurden zu je 120 Sozialstunden verurteilt.

„Und diese Sozialstunden werde ich unter folgenden Auflagen zur Bewährung aussetzen", führte der Jugendrichter aus. „Sie haben beide soeben Ihre Ausbildung begonnen. Wenn Sie diese Lehre in drei Jahren erfolgreich abschließen, sind die Sozialstunden für Sie erledigt. Falls Sie die Lehre abbrechen sollten, haben Sie diese 120 Sozialstunden sofort anzutreten. Wir möchten Ihnen den Start ins Berufsleben nicht dadurch erschweren, dass Sie Sozialstunden leisten müssen. Nach dem Ende eines jeden Ausbildungsjahres erwarte ich von Ihnen ein tiptop Berufsschulzeugnis. Mit diesem Urteil sind Sie nicht vorbestraft. Die Verhandlung ist beendet."

Im Gerichtssaal hatte sich von dem Berg nach der letzten Ermahnung des Richters zurückgehalten. Auf dem Flur entlud sich seine ganze Wut.

„Diese Kuscheljustiz! Wo kommen wir denn da hin! Das ist kein Rechtsstaat. Ich werde Berufung einlegen!", schimpfte er. „Wenn die Justiz keine härteren Urteile fällen kann, muss ich das wohl selbst in die Hand nehmen."

Sein Anwalt zog ihn mit sanfter Gewalt aus dem Gerichtsgebäude, bevor von dem Berg Drohungen von sich gab, die zu seinem Nachteil waren.

„Was nutzt ihm das Ganze? Dadurch erfährt er auch nicht, wo seine Tochter ist“, sagte Stirn.

„Jeder trauert anders. Ich möchte nicht in seiner Haut stecken.“ Hellermann musste wieder an seine Tochter denken. Er wollte sich nicht ausmalen, wie er in dieser Situation reagieren würde.

Inzwischen kamen immer weniger Spuren zu dem Vermisstenfall rein. Die SOKO „Nicole“ entschied sich, die Fernsehsendung ‚Aktenzeichen XY‘ im ZDF um Mithilfe zu bitten.

Anfang Oktober wurde der Fall in der Sendung ausgestrahlt. Die Fahndung galt insbesondere der auffälligen Handtasche von Nicole. Tanja hatte ein Polaroidbild der Tasche gefunden und konnte sie sehr genau beschreiben. Ein Bild von Nicole wurde gesendet. Viele Zuschauer meldeten sich, insbesondere zu der Handtasche. Die Zeugenaussagen kamen aus ganz Deutschland. Die Ermittlungen der örtlichen Polizeibehörden verliefen jedoch alle ins Leere.

Ein interessanter Hinweis kam aus Köln. Ein Zeuge hatte eine junge Frau, auf die die Beschreibung von Nicole passte, in Begleitung eines Mannes gesehen. Der Mann war doppelt so alt wie das Mädchen und trug eine moderne Frisur. Die beiden schienen ein Paar zu sein. Sie wirkten sehr vertraut. Der Zeuge kam aus Süddeutschland und war Handelsvertreter für Babyartikel. Da er sich die nächsten Tage im Rheinland aufhalten würde, könne er gerne persönlich für weitere Aussagen nach Mettmann kommen.

„Das hätte er sowieso müssen“, schüttelte

Hellermann den Kopf. „Der muss so schnell wie möglich hier antanzen. Vielleicht ist das ein Durchbruch."

Am folgenden Tag kam der Handelsvertreter ins Kommissariat. Stirn hatte einen Polizeizeichner hinzugenommen. Es sollte ein Phantombild erstellt werden.

„Das war in der Woche nach Ostern. Ich hatte einen Babyladen in Köln besucht und war mittags am Dom was essen. Die beiden sind mir wegen des Altersunterschieds aufgefallen. Das Mädchen war die verschwundene Nicole. Sie war aufreizend angezogen, sehr kurzer Mini. Der Mann war ca. 1,80 groß, sportlich und ca. Anfang, Mitte dreißig. Er trug einen Vokuhila und war blond."

„Wann haben Sie das beobachtet?"

Der Vertreter schaute in seinen Kalender. „Mittwoch nach Ostern. Um zehn Uhr war ich in dem Babyladen. Das muss so gegen Mittag gewesen sein, zwölf Uhr, an der Domplatte."

„Ist Ihnen etwas Besonderes aufgefallen?"

„Die beiden schienen sehr vertraut. Sie hielten Händchen, umarmten und küssten sich."

„Okay. Vielen Dank. Wir möchten mit Ihrer Hilfe versuchen ein Phantombild zu erstellen. Unser Zeichner wird Ihnen dabei helfen."

Der Zeichner hatte bereits begonnen und die Frisur nach den Aussagen des Vertreters gezeichnet. Die Augen waren blau und auffällig, daran konnte der Vertreter sich erinnern. Viele Fragen nach Augenbrauen, Nase, Ohren oder Kinn blieben im Unklaren, da der Vertreter sich nicht an weitere Details erinnern konnte. Die Begegnung war bereits ein halbes Jahr her.

„Das ist nicht viel, außer der Frisur und der Augenfarbe“, meinte Stirn enttäuscht.

„Könnte unser Sportlehrer sein.“

„Wir machen eine Gegenüberstellung“, forderte Hellermann. „Vier junge Männer mit ähnlichen Frisuren werden wir für die Gegenüberstellung wohl auftreiben.“

Der Handelsvertreter wurde für den nächsten Morgen wieder einbestellt für eine Gegenüberstellung. Sportlehrer Reich protestierte, er würde Unterricht ausfallen lassen müssen. Den eindringlichen ‚Bitten‘ der Kommissare konnte er nicht entgehen. Schließlich wollte er nicht mit einem Streifenwagen aus der Schule abgeholt werden.

Tatsächlich hatten die Kommissare vier Kollegen gefunden. Alle waren zwischen dreißig und vierzig Jahre alt und hatten ähnliche Frisuren wie Reich. So wie man es aus zahlreichen Kriminalfilmen kennt, standen fünf Personen in dem Raum mit dem halbdurchlässigen Spiegel. Jeder von ihnen hielt ein Blatt mit einer Nummer vor seinen Körper. Der Handelsvertreter überlegte eine ganze Weile.

„Die Nummer vier. Ich bin mir sicher. An diese Augen kann ich mich erinnern“, sagte er bestimmt.

„Hundertprozentig sicher?“, fragte der Polizeidirektor, der bei so einer wichtigen Gegenüberstellung immer dabei war.

„Ja, ganz sicher“, bestätigte der Vertreter.

Reich wurde mit der Zeugenaussage konfrontiert.

„Das kann nicht sein, der irrt sich, hundert pro“,

stritt er ab. „Ich weiß nicht, wo ich vor einem halben Jahr war, bestimmt nicht in Köln.“

„Wo waren Sie am Mittwoch nach Ostern?“, bohrte Stirn nach.

„So aus dem Kopf weiß ich das nicht. Da muss ich in meinem Kalender nachsehen. Das ist ein halbes Jahr her“, entgegnete Reich sichtlich nervös.

„Viel weiter sind wir trotzdem nicht“, stöhnte Stirn. „Es verdichtet sich, dass der Lehrer ein Verhältnis mit Nicole hatte. Aber wir wissen nichts zum Verbleib des Mädchens.“

„Das alles ist zu dünn. Wir müssen ihn wieder laufen lassen“, stöhnte Hellermann.

„Die Kölner Kollegen sollen einen Fahndungsaufruf nach Nicole machen. Vielleicht finden sich weitere Zeugen, die Nicole in Begleitung von Reich gesehen haben“, forderte Hellermann. „Das reicht sicher für weitere Schritte. Vielleicht haben wir Glück, Nicole war ja ziemlich auffällig. Ob wir nach diesen Fakten von einem Richter grünes Licht für eine Wohnungsdurchsuchung bekommen? Ich weiß nicht, ob das ausreicht.“

„Es waren Osterferien. Beide hätten Zeit gehabt, sich in Köln zu treffen.“

„Das wird keinem Richter reichen. Los, die Kölner sollen uns unterstützen.“

Durch die Unterstützung der Kölner Kollegen kam der SOKO „Nicole“ Kommissar Zufall zu Hilfe. An dem besagten Mittwochabend hatte es in Köln eine großangelegte Verkehrsüberwachung gegeben. Zahlreiche mobile Geräte zur

Geschwindigkeitsmessung wurden eingesetzt. Der Kölner Regierungspräsident Antwerpes hatte das angeordnet und war sogar persönlich anwesend, um Bußgelder zu verhängen. Dabei war Reich im Kölner Stadtgebiet geblitzt worden. Das teure Foto zeigte ihn in Begleitung einer blonden jungen Dame auf dem Beifahrersitz. Das Bild war nicht besonders scharf. Aber die Ähnlichkeit mit Reich und Nicole war auffallend. Das Nummernschild konnte eindeutig dem Ascona von Reich zugeordnet werden.

„Das reicht aus!", jubelte Hellermann. „Wir haben ihn. Das reicht für eine Verhaftung und eine Hausdurchsuchung."

Reich sollte während des Unterrichts im Schulgebäude verhaftet werden. Der Schulleiter wurde darüber informiert. Er bat, dass er persönlich Reich aus dem Sportunterricht holen dürfe, damit es keine großen Gerüchte gäbe.

Auf dem Weg in das Büro von Dr. Heft überrumpelte der Sportlehrer seinen Chef und flüchtete über den Pausenhof zum Lehrerparkplatz, wo sein Ascona parkte. Nach einigen Minuten stürzte der aufgeregte Hausmeister Rausch in das Sekretariat. Er war außer Atem und berichtete von dem verletzten Direktor, den er blutend unterhalb einer Treppe gefunden hatte.

Sofort wurde ein Rettungswagen angefordert und eine Ringfahndung nach Reich eingeleitet. Vorsorglich wurde ein SEK zum HHG angefordert und ein Hubschrauber. Reich könnte sich noch in der Schule aufhalten. Mehrere Streifenwagen und Rettungswagen waren inzwischen unterwegs zum HHG. Die Schüler wurden geordnet aus den Klassenzimmern auf den Sportplatz geführt.

Der Hausmeister war entsetzt. An seiner Schule so ein Verbrechen.

„Und ich habe davon nichts gemerkt", schimpfte er. Dass er das nicht mitbekommen hatte, war für ihn schlimmer als das Verbrechen an sich.

„Den fang ich mir!", wollte Rausch seinen verletzten Stolz beruhigen. Mit Mühe konnte ein Polizist auf dem Lehrerparkplatz den Hausmeister daran hindern, die Verfolgung auf eigene Faust aufzunehmen.

Auf der B7 in Höhe des Golfplatzes war eine Straßenbaustelle. Die Kanalisation wurde ausgebessert. Der Verkehr war einspurig und wurde durch eine Ampel geregelt. Somit war dort ständig Stau. Man wartete meistens vier bis fünf Ampelphasen in beiden Richtungen. Während der Rushhour konnten es zehn Phasen sein. Damit hatte Reich nicht gerechnet, als er über die B7 in Richtung Autobahn flüchten wollte. Die Polizisten im Hubschrauber erkannten seinen Wagen im Stau. Er verließ sein Auto und floh zu Fuß weiter.

Dem Oberstudiendirektor ging es den Umständen entsprechend gut. Er hatte keine gefährlichen oder bleibenden Verletzungen davongetragen. Er konnte ambulant versorgt werden

„Herr Dr. Heft, es tut uns sehr leid, dass das passierte. So hatten wir Reich nicht eingeschätzt", entschuldigte sich Stirn bei dem Schulleiter. „Wir hoffen, es geht Ihnen schnell wieder gut."

„Das war meine Schuld. Ich wollte kein großes Aufsehen erregen und habe genau das Gegenteil erreicht," sagte Dr. Heft resigniert.

Er hatte recht. Mittlerweile standen fünf Streifenwagen und zwei weitere Rettungswagen mit Blaulicht auf dem Pausenhof des HHG. Das SEK konnte zum Glück abbestellt werden.

„Wir hätten Ihnen das nicht gestatten dürfen. Aber wenn man aus der Kirche herauskommt, ist man schlauer, als wenn man reingeht. Es ist ja, bis auf ein paar Schrammen, gut gegangen", lächelte Stirn in seiner sympathischen Art.

„Herr Reich wurde übrigens vor zwei Minuten an der B7 verhaftet", klärte Hellermann den Schulleiter auf. „Zu Ihrer Information möchten wir Ihnen mitteilen, dass ein dringender Tatverdacht gegen ihn aufgrund eines Verhältnisses mit einer Schutzbefohlenen vorliegt."

Für weitere Untersuchungen wurde der Schulleiter mit dem Rettungswagen ins Elisabeth-Krankenhaus gefahren.

„Dann wollen wir los. Reich müsste inzwischen in Handschellen im Vernehmungsraum sitzen", freute sich Hellermann.

„Das erlebt man wohl nicht oft in seiner Karriere. Wenn ich das meinen Enkeln erzähle", lachte Stirn. Egal was kam, er versuchte immer eine positive Seite zu entdecken.

Im Vernehmungsraum saß Reich mit einem großen Pflaster an der Stirn. Nachdem zwei Streifenwagen ihm den Fluchtweg abgeschnitten hatten, versuchte er zu Fuß über den anliegenden Golfplatz zu flüchten. Dabei stürzte er und schlug sich den Kopf an.

„Herr Reich, Sie sind hier als Verdächtigter im Fall der vermissten Nicole von dem Berg. Sie müssen nichts aussagen, was Sie belastet, und Sie können einen Anwalt hinzuziehen“, klärte Stirn auf.

„Ich habe dem Mädchen nichts getan. Ich weiß nicht, warum Sie so vehement nach mir suchen“, wehrte Reich ab.

Hellermann konfrontierte ihn mit dem Bild der Radarkamera aus Köln.

„Ja, ich war mit ihr in den Osterferien einen Tag in Köln. Sie hatte mir von einem Sportevent erzählt, zu dem sie gerne wollte. Mich interessierte das auch. Wir waren gemeinsam dort. Da war nichts“, log der Sportlehrer.

„Der Zeuge, der Sie auf der Domplatte identifiziert hat, berichtet anderes. Umarmungen und Küsse. Da scheint mehr gewesen zu sein“, bohrte Stirn weiter.

„Ich hatte nichts mit der!“

„Warum sind Sie geflüchtet? Das sieht nach einem Schuldeingeständnis aus“, drängte Stirn weiter. „Auf Ihrer Flucht haben Sie den Schulleiter verletzt. Glücklicherweise ist ihm bei dem Treppensturz nichts Schlimmes passiert.“

„Ein Staatsanwalt kann daraus durchaus einen versuchten Totschlag konstruieren. Was meinst du, Bernd?“

Hellermann und Stirn warfen sich die Bälle zu. Reich stand in der Mitte und wusste nicht, wie er sie abfangen sollte.

„Mann, das wollte ich nicht. Das tut mir leid. Ich

hatte einfach Panik. Ich habe nichts mit dem Verschwinden von Nicole zu tun. Ich hatte Angst. Einfach Angst, dass man mir etwas in die Schuhe schiebt, was ich nicht getan habe“, sagte Reich mit Zittern in der Stimme.

Hellermann und Stirn blickten sich an. „Gleich haben wir ihn“, verständigten sie sich ohne Worte.

„Jetzt erzählen Sie, wie alles begann“, sagte Stirn in einem väterlichen Ton. Auf diese Weise hatte er schon manch ein Geständnis erreichen können.

Reich wurde tatsächlich weich.

„Ja, wir hatten etwas miteinander. Anfang des Jahres zog sie in den Erlenhain und kam in meine Schule. Wir liefen uns über den Weg und es funkte irgendwie zwischen uns. Viele Jungs waren hinter ihr her. Die Teenies wollten alle nur eins, sie ins Bett bekommen. Bei uns war das anders, wir hatten viele Gemeinsamkeiten, konnten uns alles erzählen. Das war wirklich Liebe. Sie log ihren Eltern vor, dass sie bei Nachbarn babysitten würde. Wir haben uns irgendwo getroffen. Auf Parkplätzen, am Unterbacher See oder in anderen Nachbarorten, wo uns niemand kannte.

Ja, ich weiß, sie ist erst sechzehn. Ich schwöre, ich habe mit ihrem Verschwinden nichts zu tun. Wir haben uns geliebt“, gestand der Sportlehrer mit Tränen in den Augen.

„Und was war im Geräteraum der Sporthalle?“, fragte Stirn.

Reich machte große Augen. Offensichtlich war er überrascht, dass das jemand beobachtet hatte.

„Ja, wir haben uns da gestritten.“

„Worum ging es bei dem Streit?“

„Um einen Treffpunkt, zu dem wir unterschiedliche Meinungen hatten“, erklärte der Sportlehrer.

Es war mittlerweile dreiundzwanzig Uhr. Die beiden Kommissare beendeten das Verhör. Sie hatten einen Teilerfolg erreicht. Reich wurde in die Zelle gebracht und sollte am nächsten Morgen einem Untersuchungsrichter vorgestellt werden.

Kapitel 16

Als Stirn kurz vor Mitternacht sein Reihenhaus in Mettmann-Süd betrat, war zu Hause alles dunkel und die Familie schlief. Seine Frau wurde wach, als er das Schlafzimmer betrat.

„Du siehst abgekämpft und dennoch zufrieden aus. Wie war dein Tag?“, fragte Helga verschlafen.

„Ich glaube, wir haben ihn. Zumindest einen vielversprechenden Verdächtigen“, antwortete er.

Das Thema Nicole beherrschte die Gespräche in der letzten Zeit. Bernd Stirn vertraute seiner Frau vieles aus seiner Arbeit an. Oft hatte sie Ansätze gefunden, die zur Überführung eines Täters führten oder zur Entlastung eines Tatverdächtigen. Ihm gefielen die unkonventionellen und nicht-kriminalistischen Ideen seiner Frau.

Helga setzte sich auf und sagte neugierig: „Erzähl!“

Er ließ den Tag Revue passieren und berichtete seiner Frau alles.

„Da habt ihr ja richtig Aktion gehabt. Sag mir mehr über den Verdächtigen“, forderte Helga.

Bernd versuchte, den Sportlehrer mit seinen Aussagen und Wutausbrüchen objektiv zu beschreiben.

„Meinst du, er war es?“, fragte seine Frau.

„Es spricht einiges dafür. Wir sind mit den Ermittlungen gegen ihn aber erst am Anfang. Seine Wohnung wird morgen früh durchsucht. Sein Alibi ist sehr wackelig. Er sagt, er hat in Düsseldorf in der Altstadt gefeiert, als das WM-Endspiel war. In Begleitung war er nicht. Es werden sich wohl kaum Zeugen finden, die das bestätigen können. Er hat das

Verhältnis mit der Schülerin gestanden. Einen Mord streitet er vehement ab. Ich glaube aber, dass er es war."

„Könnte er recht haben und ist aus Panik geflohen?", analysierte Helga. „Weil er nicht unberechtigt eines Kapitalverbrechens beschuldigt werden will?"

„Das hat er behauptet", sagte Bernd. „Lass uns schlafen. Morgen wird ein anstrengender Tag. Mal sehen, ob wir weiterkommen."

Die beiden löschten das Licht der Nachttischlampen und fielen in einen tiefen und festen Schlaf.

Am nächsten Morgen wurden Stirns um fünf vor sechs durch den Radiowecker geweckt.

Sie hatten den Wecker bewusst auf diese Zeit gestellt. Denn um sechs Uhr kamen Nachrichten im WDR 2. Das Erste, was zu hören war, waren negative Schlagzeilen. Streik hier, Umweltkatastrophe dort, Flugzeugabsturz. Sie jedoch wollten den Tag mit Positivem beginnen. Fünf Minuten früher sprach ein Pfarrer. Die beiden waren keine Kirchgänger oder besonders fromm. Wenn ein Fundamentaltheologe über Gottesfurcht referierte, schalteten sie ab. Das war jedoch selten der Fall. Meistens sprach der Pfarrer über sehr sympathische Dinge, die mitten aus dem Leben kamen. Besonders liebten sie den Kölner Pfarrer Franz Meurer. Wenn der sprach, war ein positiver Start in den Tag sicher.

Bernd Stirn lächelte sich jeden Morgen beim Rasieren vor dem Spiegel an. Wer lächelt, hat keine negativen Gedanken, sagte seine Frau immer. Helga Stirn war erfolgreich als Coach für Führungskräfte tätig. Da Bernd berufsbedingt viel Negatives um die Ohren hatte, war es wichtig für ihn, den Tag mit positiven Gedanken zu beginnen.

So betrat der Kommissar gut gelaunt und lächelnd sein Büro. Hellermann saß an seinem Platz und las alle Protokolle durch.

„Die KTU ist in seiner Wohnung“, sagte Hellermann. „Lass uns schnell hinfahren.“

Die beiden fuhren in die Teichstraße, wo Reich in einer kleinen Wohnung in der fünften Etage lebte.

Die Wohnung war sehr funktional eingerichtet und es war alles aufgeräumt und sauber. Nichts deutete auf ein Verbrechen hin. Reich lebte allein. Stirn bat die Kriminaltechniker, vor allem nach Blutspuren und Fingerabdrücken zu suchen. Eine Kamera und ein Computer wurden sichergestellt sowie zahlreiche nicht entwickelte Filme. Die Suche nach Blutspuren war negativ und viele Fingerabdrücke mussten noch verglichen werden.

Wie vermutet brachte die Suche nach Zeugen in der Düsseldorfer Altstadt nichts. Es war einfach zu voll während des WM-Endspiels. Reich hatte somit kein Alibi für die Zeit, als Nicole das letzte Mal gesehen worden war.

Inzwischen war der Ascona von Reich abgeschleppt und in die KTU zur Untersuchung gebracht worden. Stirn und Hellermann machten Druck, um so viel Beweise wie möglich für den Haftrichter liefern zu können. Der Richter hatte den Termin für eine eventuelle Anordnung einer Untersuchungshaft für den Nachmittag festgelegt.

Auf dem Beifahrersitz von Reichs Ascona fanden

sich blonde Haare. Sie konnten durch einen DNA-Vergleich Nicole von dem Berg zugeordnet werden. Das war der sichere Beweis, dass sie sich in dem Wagen aufgehalten hatte. Die Untersuchungen nach Blut von Nicole im Auto von Reich waren negativ. Es deutete nichts auf eine Gewalttat hin.

„Bringen Sie mir Blutspuren, Zeugen für eine Gewalttat, oder irgendeinen Nachweis. Aber so kann ich Ihrem Wunsch nach einem Haftbefehl nicht entsprechen“, sagte die Richterin zu Hellermann. „Sex mit einer Schutzbefohlenen ist zwar strafbar, reicht für eine U-Haft nicht aus, solange er nicht unfreiwillig war. Die Liebesbeziehung war offensichtlich freiwillig. Ihr Verdächtiger ist außerdem nicht vorbestraft.“

Reich durfte das Kommissariat verlassen mit der Auflage, Mettmann nicht zu verlassen.

Stirn und Hellermann waren enttäuscht, aber Realisten genug, um einzusehen, dass die Beweise gegen Reich für einen Mord sehr dünn waren. Immer wieder gingen sie und die Kollegen der SOKO alle Aussagen und Protokolle durch, ob sie nicht etwas übersehen hatten.

Kapitel 17

Reich musste sich täglich bei der Polizei melden. Der Staatsanwalt hatte Anklage wegen versuchter Tötung zum Nachteil des Schuldirektors Dr. Heft erhoben. Der smarte Sportlehrer wurde mit sofortiger Wirkung vom Schuldienst beurlaubt.

Seine Flucht aus dem Gymnasium und der Treppensturz des Direktors verbreiteten sich wie ein Lauffeuer in der Schule. Tanja von dem Berg erfuhr davon und erzählte es ihren Eltern.

Tanjas Mutter war ein Wrack. Sie hatte zehn Kilo abgenommen und war seit dem Verschwinden der Tochter nur noch apathisch. Der Vater stürzte sich in die Arbeit, rund um die Uhr. Er hatte sich optisch verändert. Der gepflegte Bart war einem ungepflegten Gestrüpp gewichen. Er hatte den Bart seit dem Verschwinden der Tochter nicht mehr getrimmt. Seine täglichen Schimpfkanonaden gegen die Kommissare, die Richter, die Justiz, Deutschland und die Welt hatte er beibehalten.

Tanja wurde in ihrem Schmerz über das Verschwinden ihrer Zwillingsschwester alleingelassen. Die Eltern kümmerten sich nicht um sie. Sie hatte sich in der Zwischenzeit mit Stefan Berg-Haberland angefreundet. Das Verhältnis musste sie vor den Eltern geheim halten. Sie wollte sich nicht ausmalen, was geschähe, wenn ihr Vater davon erfahren würde.

Der Vater erfuhr natürlich von dem Verdacht gegen Reich. Das war nicht zu verheimlichen. Die Zeitungen, Radio und Fernsehen hatten über die Ereignisse an der Schule berichtet, manche seriös, andere reißerisch und weniger objektiv. Von dem Berg pickte sich die Presseberichte raus, die am besten seinem Weltbild entsprachen. Er hatte die Privatadresse von Reich herausgefunden und schmiedete einen teuflischen Plan.

Beate von dem Berg fuhr einen 280 TE, das Kombimodell von Mercedes aus der Baureihe W 124. Da sie die Zwillinge nachmittags zu ihren zahlreichen Terminen gefahren hatte, brauchte sie einen solchen Kombi. Zurzeit stand der Wagen unbenutzt in der Einfahrt zur Doppelgarage. Beate war nicht in der Lage, wieder ein normales Familienleben aufzunehmen.

Von dem Berg verbrachte einige Abende in der Teichstraße in dem Kombi seiner Frau und beobachtete das Hochhaus, in dem Reich wohnte. Der Wagen würde nicht so auffallen wie sein Mercedes SL. Nach zwei Wochen wusste er, dass Reich regelmäßig jeden Freitagabend so gegen zweiundzwanzig Uhr vom Sport zurückkam.

Es war ein regnerischer und trüber Oktoberabend, als Reich mit seinem Ascona auf den Parkplatz vor dem Hochhaus fuhr. Er stieg aus und schloss das Auto ab. Es war ein leichter Stich, den er im Hals verspürte. Die Geräusche der sich im Wind wiegenden Bäume entfernten sich, die Farben, die er wahrnahm, erschienen nur noch in Pastelltönen und alle Gegenstände um ihn herum verschwanden in einem Tunnel. Was ist los mit mir, konnte Reich nicht mehr sagen. Ihm fiel der Autoschlüssel in eine Pfütze und er brach ohnmächtig zusammen. Er war nicht besonders schwer, und es fiel dem Arzt leicht, ihn in den Kofferraum des Kombi zu heben. Er deckte den Bewusstlosen mit einer Decke ab und fuhr nach Wuppertal in seine Arztpraxis. Dort gab es eine Tiefgarage mit einem Fahrstuhl direkt in seine Praxis.

Von dem Berg hatte alles gut vorbereitet. Die Dosis der Betäubung war so dimensioniert, dass sie bis nach Wuppertal wirken würde. Ein Rollstuhl für den Transport des Bewusstlosen mit dem Fahrstuhl in die Praxis stand neben seinem reservierten Parkplatz bereit. Er hievte Reich in den Rollstuhl und rollte ihn zum Aufzug. Auf dem Weg dorthin begegnete er einem Mieter, der eine Wohnung über der Praxis bewohnte.

„Guten Abend, Herr Doktor", grüßte der Mieter freundlich. Er kannte von dem Berg flüchtig.

Entgegen seiner Art grüßte von dem Berg freundlich zurück: „Guten Abend. Ich habe heute Abend einen schweren Fall von Dentalphobie und muss schnell in die Praxis."

In der Praxis angekommen, setzte er Reich auf den Behandlungsstuhl und fesselte seine Unterarme mit Kabelbindern an die Armlehnen. Die Beine wurden mit Paketklebeband am Stuhl festgebunden. Für den Kopf hatte er sich eine besondere Konstruktion überlegt. Aus einem Baumarkt hatte er sich einen Styroporklotz besorgt und eine Kopfform ausgehöhlt. Reichs Kopf lag in der Aushöhlung. Seine Stirn war mit Klebeband auf der Kopfstütze des Behandlungsstuhls fixiert. Reich konnte weder seinen Körper, noch seinen Kopf bewegen.

Mit einem Mundspreizer wurde der Mund von Reich offengehalten, sodass von dem Berg problemlos alle Zähne bearbeiten konnte.

Er wollte die Drohung, die er gegenüber dem jungen Kommissar Vetten vor einigen Monaten ausgesprochen hatte, bei Reich in die Tat umsetzen. Er wollte ihm Zähne ohne Betäubung ziehen. Wenn es sein musste, alle Zähne.

Von dem Berg machte sich einen Kaffee und setzte sich vor den Behandlungsstuhl, um das Aufwachen von Reich nicht zu verpassen. Vorsorglich hatte er ein Aufputschmittel genommen. Es würde eine lange und körperlich anstrengende Nacht werden.

Reich wachte gegen Mitternacht aus der Narkose auf. Es dauerte fünfzehn Minuten, bis er klarer im Kopf wurde und einigermaßen wahrnahm, was mit ihm los war. Sein Blick wanderte unruhig im Behandlungsraum hin und her. Schweißperlen bildeten sich auf seiner Stirn. Er kannte von dem Berg durch Beschreibungen von Nicole.

„Hallo Reich, willkommen in meinem Reich“, ergötzte sich der Arzt an dem Anblick des erwachenden Lehrers und freute sich über das seiner Meinung nach lustige Wortspiel.

„Schön, dass du endlich wach bist. Wir sind uns noch nie persönlich begegnet. Ich bin Dr. Dr. Franz von dem Berg und der Vater von Nicole. Du kennst sie ja sehr gut. Schau dich in aller Ruhe um, damit du weißt, wo du bist.“

Von dem Berg machte eine lange Pause und betrachtete Reich genüsslich.

„Ich will dir erklären, was ich mit dir vorhabe. Ich

werde dir nach und nach alle Zähne ziehen, natürlich ohne Betäubung."

Reich versuchte zu schreien, was ihm wegen des Mundspreizers nicht gelang. Es ertönten nur gurgelnde Geräusche aus seinem Mund.

Detailliert zeigte von dem Berg alle Werkzeuge und erklärte ausführlich seine Vorgehensweise. Er legte einen Speichelsauger in Reichs Mund.

„Und jetzt will ich von dir wissen, wo Nicole ist", sagte von dem Berg und nahm einen Bohrer in die Hand. „Ach so, du kannst ja nicht sprechen. Ich habe nachgedacht, wie wir kommunizieren können. Einmal zwinkern mit den Augen heißt Ja. Ein Nein will ich von dir nicht hören. Hast du sie umgebracht?"

Reich schloss die Augen und hielt sie geschlossen.

„Das war kein Zwinkern", drängte der Arzt.

Reich versuchte, irgendwie durch das Schließen der Augen zu kommunizieren. Er hatte Nicole nicht umgebracht, wollte er mitteilen.

„Na gut, wie du willst. Ich beginne und werde erst deine Amalgamfüllungen entfernen. Die sind sowieso nicht gesund", grinste von dem Berg und machte Anstalten mit der ‚Behandlung' zu beginnen.

Als das Geräusch des surrenden Bohrers sich näherte, riss Reich die Augen weit auf.

„Na also, geht doch. Hast du sie umgebracht?"

Reich schloss die Augen wieder fest.

Die hohe Frequenz des Bohrers zeigte, dass von dem Berg die erste Amalgamfüllung entfernte.

„So, das hätten wir. Der Nerv liegt offen", referierte von dem Berg süffisant. „Ich werde dir jeden Schritt detailliert beschreiben. Das mache ich bei allen

Patienten. Warum soll ich das bei dir nicht auch so machen?"

Der Kieferchirurg widmete sich der nächsten Füllung.

„Die ist älter, hätte sowieso bald entfernt werden müssen. Ich muss da tiefer gehen."

Reich hätte gerne geschrien, wenn er gekonnt hätte. Von dem Berg trat zurück und setzte eine Lupenbrille auf.

„Ich muss da genauer hinschauen, ob alles frei ist um die Wurzel herum." Der Arzt wechselte den Bohrkopf. Das Geräusch des Bohrers wurde schriller.

„Na, du Ferkel. Pinkelst mir auf meinen Behandlungsstuhl. Hoffentlich nicht das andere Geschäft. Jetzt weißt du, wo der Spruch, sich vor Angst in die Hose machen, herkommt." Von dem Berg grinste.

Der Arzt trat einen Schritt zurück und betrachtete Reichs Mund von allen Seiten wie ein Künstler, der sein neues Bild anschaut.

„So, das war der erste Streich. Ich mache eine kurze Pause und werde dir eine Nacht zum Nachdenken geben. Du kannst dich gedanklich auf das vorbereiten, was morgen passieren wird. Ich werde nach Hause fahren und gründlich ausschlafen. Dann bin ich gut ausgeruht und kann vernünftig meine Arbeiten bei dir durchführen. Du willst doch, dass das gut und fehlerfrei gemacht wird, oder nicht?", fragte von dem Berg zynisch.

Reich starrte den Arzt mit weit geöffneten Augen an und hoffte, dass irgendein Wunder geschehen würde.

Tatsächlich führte von dem Berg seinen Plan aus und fuhr zufrieden nach Hause. Durch das Aufputschmittel konnte er nicht einschlafen. Er ging ins Bad und trimmte sich das erste Mal seit Wochen seinen Bart. „Morgen wird die Welt wieder in Ordnung sein", freute er sich, genehmigte sich einen Whisky und ging zu Bett. Seine Frau bemerkte sein Kommen und sagte nichts. Die beiden hatten sich schon lange nichts mehr zu sagen.

Reich versuchte, etwas an seiner aussichtslosen Situation zu ändern. Das Licht über dem Behandlungsstuhl, das von dem Berg nicht ausgeschaltet hatte, reizte seine Augen, der ganze Kiefer schmerzte und das Geräusch des Speichelsaugers in seinem Mund dröhnte in seinen Ohren. Der Schmerz in den Zähnen mit den entfernten Füllungen hämmerte in seinem Kopf. Alle Sinne waren hypersensibilisiert. Er versuchte, klare Gedanken zu fassen. Das Einzige, was er bewegen konnte, war sein Becken, das hatte von dem Berg nicht fixiert. So wackelte er mit dem Po nach rechts und links. Die nasse Hose quietschte auf dem Kunstleder des Behandlungsstuhls. Langsam geriet der ganze Foltersessel in Schwingung und dadurch der lange Arm der starken Lampe über dem Stuhl. Es gelang ihm, den Lampenarm einige Zeit lang in Schwingung zu halten, bevor er ohnmächtig wurde.

Kapitel 18

Das junge Pärchen hatte sich eine S-VHS-Cassette aus der Videothek ausgeliehen. Es sollte eine lange Rocknacht mit alten Rockpalast-Aufzeichnungen werden. Einige Kommilitonen der Wuppertaler Uni waren da und alle freuten sich auf gute Musik bei Bier und Snacks.

„Schau mal, da flackert was, drüben an dem Haus." Gegen zwei Uhr morgens fiel einem Gast ein seltsames Licht am Fenster eines Hauses schräg gegenüber auf.

„Wo?"

„Da gegenüber, unten, hinter dem Fenster."

„Wird wohl 'ne kaputte Neonröhre sein."

„Ne, das ist dafür zu regelmäßig. Wie so ein Schaukeln?"

„Ich kann nichts Genaues sehen, die Jalousie ist zugezogen."

„Ich geh runter und schau, ob ich was sehen kann", sagte ein großer Schlaksiger mit rotem Bart und langen, strähnigen blonden Haaren. Er hatte das Flackern entdeckt. Nach einigen Minuten kam er zurück.

„Da ist 'ne Arztpraxis. Ich konnte nichts erkennen. Eine kaputte Neonröhre ist das nicht, die flackert ungleichmäßig."

„Sollen wir die Polizei anrufen?"

„Weiß nicht."

„Besser einmal zu viel als einmal zu wenig", meinte der Gastgeber, griff zum Telefon und wählte die 110.

Ein Streifenwagen kam zur genannten Adresse und schaute nach der Wohnung. Einem der beiden

Streifenbeamten kam der Name Dr. med. Dr. med. dent. von dem Berg auf dem messingfarbenen Praxisschild bekannt vor. Der Vorfall mit dem arbeitslosen Schmittke war durch die Presse in Wuppertal und Umgebung gegangen. Er bat die Kollegen über Funk, Nachforschungen über den Arzt anzustellen.

An der Tür der Praxis waren keine Geräusche oder Brandgeruch festzustellen. Die beiden Beamten wollten gerade wieder abrücken. Zurück im Streifenwagen erhielten sie Informationen über den Arzt.

Inzwischen kam der Mieter, dem von dem Berg in der Tiefgarage begegnet war, zurück und fuhr in das kleine Parkhaus. Die Polizisten folgten ihm und fragten, ob ihm Ungewöhnliches in der Arztpraxis aufgefallen wäre. Der Mieter schilderte ausführlich seine Beobachtung mit dem narkotisierten Patienten im Rollstuhl.

Die beiden Wuppertaler Polizisten forderten Verstärkung an. Auch ein Schlüsseldienst wurde angefordert. Hier war offensichtlich Gefahr im Verzug. Der diensthabende Staatsanwalt wurde informiert. Zum Glück war die Praxis nicht besonders stark gesichert, und der Schlüsseldienst hatte leichte Arbeit. Eine Alarmanlage gab es nicht.

Den Polizisten bot sich ein trauriges Bild. Das hatten sie noch nie gesehen. Der ohnmächtige Reich lag gefesselt auf dem Behandlungsstuhl. Der Speichelsauger blubberte in seinem durch den Mundspreizer aufgerissenen Mund. Die Lippen waren eingerissen und das Blut am Unterkiefer eingetrocknet.

Der Puls war flach, aber schwache Atmung war vorhanden. In der Luft lag ein Geruch aus Urin und Desinfektionsmittel. Die Polizisten forderten einen Rettungswagen und den zahnärztlichen Notdienst an. Gleichzeitig wurden die Mettmanner Kollegen informiert, Herrn von dem Berg wegen Entführung zu verhaften.

Von dem Berg leistete erhebliche Gegenwehr bei seiner Festnahme. Zwei Polizisten mussten ihn festhalten, damit ein Dritter ihm Handschellen anlegen konnte. Er schimpfte, er hätte noch eine Aufgabe zu erledigen, und der Ministerpräsident würde ihn persönlich rausboxen. Die Schimpfkanonaden, die er über die Polizei losließ, waren nicht stubenrein. Er wurde vorläufig in eine Ausnüchterungszelle gesperrt. Die Aufputschmittel, die er zu sich genommen hatte, wirkten nach. Eine Vernehmung war zu diesem Zeitpunkt unmöglich.

„Woher kennt so ein gebildeter Mensch solche Schimpfwörter?“ staunten die Wachhabenden.

Kapitel 19

Um drei Uhr früh klingelte das Telefon von Hellermann. Verschlafen meldete er sich und hörte zu, was die Kollegen von der Nachtschicht ihm berichteten. Bevor er sich auf den Weg ins Kommissariat machte, rief er Stirn an, der bereits informiert und losgefahren war.

„Ich habe es ja geahnt, der wird uns kräftig in die Suppe spucken“, stellte Hellermann verschlafen fest.

„Jetzt hat er das Maß überspannt. Die Mafia ist ja harmlos gegenüber solchen Methoden. Ich dachte, Hunde, die laut bellen, beißen nicht. Scheint wohl Ausnahmen zu geben“, entgegnete Stirn genauso müde.

„Der Arzt wird außer Verkehr gezogen. Der fährt uns nicht mehr in die Parade.“

„Vielleicht hat er Reich ja weich gekloppt?“

„Lass uns nach Wuppertal fahren. In welcher Klinik liegt er?“

„Das sollen die Kollegen uns unterwegs über Funk mitteilen. Je frischer der Vorfall ist, umso wahrscheinlicher ist ein Geständnis. Wenn er es denn war.“

„Mal schauen, ob die Ärzte uns reinlassen.“

Der Wunsch der beiden wurde nicht erfüllt. Hellermann und Stirn wurden vom Stationsarzt auf den nächsten Tag verwiesen. Reich hätte starke Beruhigungsmittel bekommen und würde schlafen. Er wäre auf keinen Fall vernehmungsfähig.

„Hätten wir uns eigentlich denken müssen“, sagte

Stirn.

„Schade, wäre zu schön gewesen."

„Ein aktuelles Geständnis hätte wahrscheinlich sowieso nichts gebracht."

„Vielleicht ja den Fundort der Leiche", sagte Hellermann.

„Lass uns morgen den Doc in die Zange nehmen. Vielleicht hat er was aus Reich rausgequetscht."

Die beiden Kommissare fuhren nach Hause und versuchten, sich eine Mütze Schlaf zu gönnen. Der nächste Tag würde sicher ereignisreich werden. Vielleicht würde er die SOKO „Nicole" ein großes Stück weiterbringen.

Am nächsten Morgen war von dem Berg kaum ansprechbar. Die nachlassende Wirkung des Aufputschmittels machte ihn total apathisch. Offensichtlich hatte er nichts von Reich erfahren können. Genaues würden die Kommissare erst wissen, wenn er nicht unter Drogen beziehungsweise deren Nachwirkungen stand. Der Haftrichter erließ am Samstag Haftbefehl gegen den Arzt.

Der Vorfall ließ die Kommissare für kurze Zeit hoffen, in dem Fall weiterzukommen. Die Verhöre mit Reich und seinem Peiniger brachten aber keine Neuigkeiten. Reich bestritt vehement, Nicole etwas angetan zu haben.

Er wurde drei Tage nach dem Überfall aus dem Krankenhaus entlassen. Die Folter war nicht spurlos an ihm vorbeigegangen. Seine Haare waren in dieser einen Nacht deutlich ergraut. Er hatte einen Tick davongetragen. Seine Augen zuckten ununterbrochen und er musste ständig seinen Kopf ruckartig von rechts nach links bewegen. Reich war einige Zeit in psychologischer Behandlung, die er irgendwann abbrach.

Die Informationen weiterer Zeugen wurden immer dünner. Es meldete sich eine Wahrsagerin bei Beate von dem Berg. Sie behauptete, Auskunft über die verschwundene Tochter geben zu können. Ein Zeuge wollte sie auf dem Jakobsweg bei Santiago de Compostela gesehen haben. Bei seiner Befragung stellte sich heraus, dass er zu einem früheren Zeitpunkt den Pilgerweg gewandert war, da galt Nicole noch nicht als verschwunden. Die Mitarbeiter der SOKO „Nicole" wurden nach und nach abgezogen.

Im Frühjahr 1991 fanden die beiden getrennten Strafprozesse gegen Reich und von dem Berg vor dem Landgericht Wuppertal statt.

Der Staatsanwalt hatte eine vierjährige Haftstrafe für Reich wegen versuchten Totschlags gegen den Schuldirektor gefordert. Der Richter kam dem nicht nach und verhängte eine dreijährige Haftstrafe, die zur Bewährung ausgesetzt wurde. Zugute kamen ihm Reue, sein Geständnis und die Tatsache, dass er keine Vorstrafen hatte. Für ein Gewaltverbrechen gegen Nicole lagen weder Beweise noch Indizien vor. Eine Anklage war deswegen nicht zugelassen worden. Seinen Job als Sportlehrer war er los.

Von dem Bergs Karriere als Arzt war beendet. Die Approbation wurde ihm mit sofortiger Wirkung entzogen. Sein Einspruch vor dem

Oberverwaltungsgericht wurde abgelehnt.

Die große Strafkammer des Landgerichts Wuppertal verurteilte von dem Berg zu einer fünfjährigen Haftstrafe wegen Folter, Entführung, Freiheitsberaubung und schwerer Körperverletzung. Hinzu kam ein Verstoß gegen das Betäubungsmittelgesetz. Dieser Vorwurf war für ihn, insbesondere als Arzt, sehr schwerwiegend und für das hohe Strafmaß ausschlaggebend.

Sein Prozess fand großes Aufsehen in der Öffentlichkeit. In- und ausländische Medien berichteten über die spektakuläre Tat.

Seine beiden Doktortitel durfte er behalten. Die Promotionen waren ein Ausdruck von wissenschaftlicher Arbeit. Von dem Berg durfte sich nach dem Verbüßen der Haftstrafe dem Sportlehrer Reich nicht mehr als 300 Meter nähern. Das galt lebenslang.

Mutter und Tochter von dem Berg verließen die Siedlung Erlenhain. Das Haus wurde verkauft. Viel blieb für die Familie nicht übrig, da große Hypotheken auf dem Haus waren. Wenigstens brachte der Verkauf der Zahnarztpraxen flüssige Mittel für die Familie.

Nach einem Jahr gingen keine weiteren Spuren mehr ein. Die SOKO „Nicole“ wurde aufgelöst und der Fall zu den Akten gelegt. Der Fall reihte sich in die zahlreichen Cold Cases ein. Diese Fälle werden nach einigem zeitlichen Abstand wieder aufgenommen und weitere Untersuchungen nach den neuesten kriminaltechnischen Methoden vorgenommen. Da es keine Leiche von der Sechzehnjährigen gab, war eine

Aussicht auf Erfolg sehr gering.

Kapitel 20

Franz Hellermann wollte aber nicht aufgeben. Er arbeitete inzwischen im Rauschgiftdezernat, machte unbezahlte Überstunden und nahm sich immer wieder die alten Protokolle der SOKO „Nicole“ vor. In seinem Büro stand ein Aktenschrank, in dem nur diese Ordner untergebracht waren. Zwanzig Stück. Ein laminiertes DIN-A4-Blatt mit der Aufschrift „Nicole“ klebte an der Schranktür. Auf dem Schrank stand ein gerahmtes Bild von Nicole. Er fragte sich, auch nach drei Jahren, ob sie nicht etwas übersehen hatten.

Herr Rausch rief bei Hellermann an: „Hallo, Herr Hellermann, vielleicht erinnern Sie sich noch an mich. Ich bin der Hausmeister vom HHG. Sie haben mich damals zum Vorfall der verschwundenen Schülerin befragt.“

„Natürlich erinnere ich mich. Was können wir für Sie tun? Haben Sie etwas Neues für uns?“

Hausmeister gehören an Schulen immer zu den am besten informierten Personen und haben eine größere Autorität als der Direktor.

„Ja, aber in einem anderen Zusammenhang. Ich habe im Fahrradraum eine Tüte mit ein paar Pillen gefunden“, berichtete Rausch. „Das wollte ich jetzt nicht dem Chemielehrer zur Analyse geben. Ich denke, bei Ihnen ist das besser aufgehoben. Sie haben bestimmt bessere Analysemöglichkeiten.“

„Da haben Sie richtig kombiniert. Haben Sie jemandem davon erzählt?“

„Dem Direktor habe ich davon berichtet.“

„Fassen Sie bitte nichts an. Wir schicken eine Zivilstreife vorbei, um die Tüte abzuholen."

„Wo denken Sie hin, Herr Kommissar. Natürlich haben wir nichts angefasst", sagte Rausch entrüstet. Er war tatsächlich beleidigt, dass der Kommissar denken könnte, er hätte die Tüte angefasst.

An den Mettmanner Schulen sind bis jetzt keine Fälle mit Drogen aufgetreten, überlegte Hellermann. Mal abwarten, was die Analyse ergibt.

Der Chemiker aus Düsseldorf meldete sich ein paar Tage später.

„EPO", sagte der Chemiker in seiner wortreichen Art.

„Haben Sie noch mehr für uns?"

„Nö."

„Fingerabdrücke auf der Tüte vielleicht?"

„Ja."

„Sind alte Bekannte dabei?"

„Nö."

„Vielen Dank für Ihre ausführliche Stellungnahme", erwiderte Hellermann.

Es ist doch immer wieder erfrischend, mit solchen Wissenschaftlern ein ausführliches Gespräch zu führen, dachte er mit einem Lächeln. Er pflegte eine andere Art der Kommunikation mit seinen Mitmenschen.

Mettmann lag im Bundesdurchschnitt, was Rauschgiftdelikte anging. Spritzen am Jubi führten oft zu Beschwerden von Bürgern. Die Polizei musste die Junkies nach dem Feststellen der Personalien wieder entlassen. Ein Fall mit Dopingmitteln wie EPO war also neu in Mettmann.

Hellermann rief Dr. Heft an, den Schulleiter vom

HHG.

„Hört das denn nie auf?“, stöhnte der Oberstudiendirektor. „Wir steigen ja noch auf Platz eins in der Kriminalstatistik der Gymnasien von Nordrhein-Westfalen.“

„Hatten Sie schon einmal irgendwelche Hinweise auf Drogen bei Schülern Ihrer Schule?“

„Nein, da ist mir nichts zugetragen worden. Der Fund von Herrn Rausch ist das erste Mal.“

„Das war EPO, ein Dopingmittel. Gibt es Leistungssportler an Ihrer Schule?“

„Ja, na klar. Wir haben ein paar Schüler, die es bis zur Teilnahme an den Deutschen Meisterschaften in der Leichtathletik gebracht haben. Die werden aber ständig von ihren Verbänden überprüft. Ein Dopingfall ist mir nicht bekannt.“

„Gibt es Schüler, die übertrieben an ihrer Muskulatur arbeiten?“

„Da ist mir ebenfalls nichts bekannt. Aber vielleicht sollten wir unseren Sportlehrer, Herrn Schmilewski, hinzuziehen.“

„Den habe ich damals auch kennengelernt. Das war doch der Gegenspieler von Herrn Reich“, erinnerte sich Hellermann. Sie entschieden, den Lehrer ins Büro des Direktors rufen zu lassen, sodass Hellermann ihn direkt am Telefon befragen konnte.

Der Sportlehrer kam ins Büro und wurde vom Schulleiter über den EPO-Fund informiert. Er war immer noch so muskulös wie vor drei Jahren.

„Mir ist nichts bekannt von Doping bei Schülern“, meinte der Sportler.

„Auch keinen Verdacht?", fragte der Kommissar.

Dr. Heft hatte sein Telefon inzwischen auf Lautsprecher gestellt.

„Nein, da gab es keine Auffälligkeiten", antwortete Schmilewski.

„Und wie sieht es bei Ihnen aus?"

„Bei mir?"

„Ja, bei Ihnen. Nehmen Sie EPO?"

Diese Frage schien Schmilewski für einen kurzen Moment unsicher zu machen, was Hellermann selbst am Telefon nicht entging.

„Wo denken Sie hin? Das ist alles durch sorgfältiges und abgestimmtes Training entstanden. Da ist keine Chemie dabei. Das lehne ich kategorisch ab. Dass der Sport sauber bleibt, ist ein wichtiges Ziel meines Unterrichts", antwortete Schmilewski.

„Okay, Herr Schmilewski, dann war's das für heute. Vielen Dank", verabschiedete sich Hellermann aus dem Telefonat.

Er recherchierte auf seinem Computer über Doping und Fitness in Mettmann. Es gab zwei Fitnessstudios. Die waren bislang unauffällig.

Abends fragte er seinen Sohn, ob der etwas über Schüler wisse, die Krafttraining betrieben. Alexander war gerade in den Abiturvorbereitungen. Er konnte über eine Clique berichten, die ständig in einer Muckibude abhing. Für diese Mitschüler gab es nur das Thema Muskelaufbau oder Nahrungsergänzungsmittel. Er wusste, in welchem Center die Mitschüler trainierten, konnte aber keine Namen nennen. Die Mitschüler waren jünger und nicht in seiner Stufe.

Wenn das Heinrich-Heine-Gymnasium ins Spiel kam, musste Hellermann sofort an den Fall Nicole denken. Der lag inzwischen drei Jahre zurück. Gab es da einen Zusammenhang?

Hellermann fand schnell heraus, in welchem Fitnessstudio die Schüler aktiv waren. Vom Ordnungsamt erhielt er die Gewerbeanmeldung. Neben zwei weiteren Eigentümern war Schmilewski als Teilhaber eingetragen. Hellermann glaubte nicht an Zufälle. Sollte dort ein reger Handel mit Dopingmitteln erfolgen?

Drei Kollegen der Kreispolizeibehörde waren bereits längere Zeit Mitglieder in dem Fitnessclub. Hellermann bat sie, sich einmal umzuschauen, ob da etwas mit EPO oder Ähnlichem laufen würde.

Tatsächlich berichtete einer der Kollegen ein paar Tage später, dass eine Gruppe von Jugendlichen, offenbar Oberstufenschüler vom HHG, sehr intensiv trainieren würde.

Hellermann lud die Schüler zu einer Befragung vor. Sie waren sechzehn und siebzehn Jahre alt und erschienen jeweils in Begleitung der Eltern. Einzeln wurden sie befragt, ob ihnen etwas mit Doping am HHG bekannt war. Alle verneinten das und bestätigten, nie zu dopen. Hellermann hatte jedem ein Glas Wasser hingestellt, um so an ihre Fingerabdrücke zu gelangen. Der Abgleich der Fingerabdrücke auf den Gläsern mit denen auf der Tüte war negativ.

Da liegen fast drei Jahre dazwischen, grübelte er, es gab keine Hinweise auf Drogen. Die Jugendlichen waren damals dreizehn oder vierzehn Jahre alt. Die waren zu jung, um Nicole etwas anzutun. Er konnte keine Zusammenhänge finden, dieser Fund wird nichts mit Nicoles Verschwinden zu tun haben, schloss er.

Der EPO-Fund sollte nicht an die große Glocke gehängt werden. Dr. Heft hatte darum gebeten und versichert, dass sein Hausmeister und er Augen und Ohren offen halten und sich sofort melden würden, wenn sie etwas bemerken sollten.

Die Mettmanner Fitnessstudios wurden unauffällig beobachtet. Die drei Kollegen, die dort trainierten, sollten sich unauffällig umhören. Weitere Maßnahmen waren zurzeit nicht durchsetzbar.

Dritter Teil

2022

Kapitel 21

Jörg Vetten konnte sich an einiges aus dem Fall Nicole erinnern. Er hatte damals als junger Kommissar die Vermisstenanzeige der Mutter aufgenommen. Spektakulär wurde der Fall durch die Selbstjustiz des Vaters von Nicole. Das ging durch alle Medien.

Vetten saß bereits einige Stunden an seinem Schreibtisch über den Seiten der Software eCEBIUS. Er kannte mittlerweile alle Aktennotizen, Protokolle und Bilder des Falls. Außerdem hatte er sich alle Aktenordner kommen lassen. Der Aktenschrank aus Hellermanns Büro stand jetzt bei ihm. Er war prall gefüllt.

Alle Zeugenaussagen waren protokolliert und vieles in der Software eCEBIUS gespeichert. Zahlreiche Fotos waren hinterlegt. Es war nicht alles digitalisiert, so blieben ihm die mühsamen Studien der Papierakten nicht erspart. Eines fand Vetten nicht. Die DNA war nicht in der Datenbank. In den Akten fand er einen Hinweis, dass Nicoles Haarbürste für eine DNA-Probe zum Labor gebracht worden war. Durch das Haar im Auto des Verdächtigen konnte nachgewiesen werden, dass Nicole auf dem Beifahrersitz gesessen hatte. Also musste die DNA doch vorhanden sein. Wenn er den Namen Nicole von dem Berg in die Suchmaske der

DNA-Datenbank eingab, erschien „negativ" auf dem Bildschirm.

Das musste doch irgendwo hinterlegt sein, das war vor zweiunddreißig Jahren möglich und üblich. Gab es damals andere Datenbanken? Wurden die Daten eventuell bei einem Datenbank-Update zerstört? Vetten beauftragte einen Düsseldorfer Kollegen, Proben von Nicoles Haar- oder Zahnbürste aus den Asservaten in die Pathologie zu bringen, um eine DNA-Analyse durchzuführen. Es müsste auf jeden Fall eine neue DNA-Analyse gemacht werden, da heute wesentlich bessere Untersuchungsmethoden als vor zweiunddreißig Jahren zur Verfügung standen. Falls der DNA-Vergleich mit der DNA des Knochenfunds identisch war, war das der eindeutige Beweis, dass die Knochen tatsächlich Nicoles sterbliche Überreste waren. Vetten war sich aber jetzt schon sicher: Das waren die Gebeine von Nicole.

Hellermann und Stirn waren inzwischen im wohlverdienten Ruhestand. Sie waren unzufrieden mit dem ungelösten Fall. Insbesondere Hellermann hatte wie verbissen alle Spuren verfolgt, leider ohne Erfolg. Bei ihrem Abschied im Jahr 2014 musste Jörg Vetten den Pensionären versprechen, dass er sie im Fall von neuen Spuren in Kenntnis setzen würde. Hellermann hatte auch dafür gesorgt, dass ‚Nicoles Aktenordner' in Vettens Büro gebracht wurden.

Vetten informierte Sarah Paulsen und begab sich zum Leitenden, wie sein Chef genannt wurde. Sebastian Gollenberg saß an seinem Schreibtisch und hatte bereits den Bericht über die Obduktion des Leichenfundes vor sich.

„Das ist ein Ding“, staunte er. „Da war ich gerade acht Jahre alt, als das passierte. Mein Vorvorgänger war damals Leitender.“

„Ja, und unsere Behörde war auf mehrere Standorte in der Stadt verteilt“, ergänzte Vetten.

„Chef, ich war damals der erste, der von dem Fall erfuhr, als die Mutter nachts Vermisstenanzeige erstattete. Ich würde gern die Leitung übernehmen. Das wäre die Krönung meiner Laufbahn. Ich hab ja nicht mehr lange bei euch bis zur Pension“, bat er.

„Ich glaube, du bist der Richtige für diesen Job. Nimm dir Sarah dazu. Und fahrt zu den Kollegen, die damals die SOKO geleitet haben. Ich habe sie nicht mehr kennengelernt. Die waren vor meiner Zeit hier aktiv“, sagte Gollenberg.

Vetten rief Hellermann und Stirn an. Die drei verabredeten sich im Haus von Hellermann in Obschwarzbach. Sarah war auch eingeladen.

Die beiden 71-jährigen Pensionäre freuten sich riesig, dass wieder Bewegung in den Fall kam.

„Grinst du dich immer noch morgens beim Rasieren im Spiegel an?“, fragte Hellermann mit einem Lachen.

„Ja, das mache ich. Weißt du, aus einem gequetschten Arsch kommt kein fröhlicher Furz“, antwortete Stirn. „Den Pfarrer um fünf vor sechs, den höre ich mir nicht mehr an. Da wird länger geschlafen.“

Sarah lachte und hatte die beiden Ex-Ermittler gleich in ihr Herz geschlossen.

„Und auf einem Grundstück im Erlenhain wurden

die Gebeine gefunden?", staunte Stirn. „Wir haben die ganze Siedlung mit Spürhunden abgesucht. Wieso haben die nichts gefunden?"

„Wahrscheinlich wurde die Leiche erst danach dort verbuddelt", stellte Hellermann fest.

„Das Grundstück mit dem Fundort wurde erst ein paar Jahre nach dem Verschwinden von Nicole bebaut", erinnerte sich Stirn.

„Der Fundort ist also nicht der Tatort und der Täter muss die Leiche dorthin gebracht haben, nachdem wir mit den Spürhunden alles im Erlenhain abgesucht haben", ergänzte Hellermann.

„Genau!", bestätigte Stern. „Wir suchen einen Tatort und ein Transportmittel, mit dem Nicole von dem Berg zum Fundort gebracht wurde."

Es wurde ein langer Abend. Die drei Oldstars erzählten Sarah viel über den Fall Nicole. Auch viele andere Fälle wurden ausführlich besprochen.

„Danke, das war eine großartige Lehrstunde für mich", verabschiedete sich Sarah.

Am nächsten Morgen würde sie mit Vetten die weitere Vorgehensweise festlegen. Vetten und die beiden Pensionäre blieben noch lange zusammen und erzählten viel Kurioses aus ihrer Polizeiarbeit.

Der nächste Tag brachte Gewissheit, dass die Gebeine tatsächlich Nicole zugeordnet werden konnten. Der DNA-Vergleich ergab eine nahezu 100-prozentige Übereinstimmung mit den Haaren aus ihrer Bürste.

„Wir müssen als Erstes die Eltern und die Schwester informieren, dass wir Nicoles sterbliche Überreste gefunden haben", sagte Sarah.

„Im Erlenhain wohnen die Eltern schon lange nicht mehr“, recherchierte Sarah. „Die Mutter hat sich während der Haftstrafe ihres Mannes scheiden lassen und wohnt in Heiligenhaus. Sie hat ihren Mädchennamen wieder angenommen und heißt jetzt Wiescher. 2005 hat sie wieder geheiratet, ihren Mädchennamen hat sie beibehalten.“

„Wie alt ist Frau Wiescher heute?“, fragte Vetten.

„Warte, ich rechne. Siebzig ist sie gerade geworden.“

„Was ist mit dem Vater? Mann, war das ein Brocken. Wo steckt der?“

„Der lebt in München und nennt sich van den Berg. Er hält sich wohl mit Managementtrainings über Wasser. Der ist zweiundsiebzig und immer noch aktiv. Schau dir mal seinen Internetauftritt an.“

„Oh, sieht der alt aus und sein Klobrillenbart ist ganz weiß geworden.“ Vetten erinnerte sich, dass Hellermann und Stirn sich damals über diesen Bart lustig gemacht hatten.

„Der ist der Alte geblieben“, stellte er fest. „Damals brüstete er sich damit, den Ministerpräsidenten von Nordrhein-Westfalen zu kennen. War natürlich nichts dran. Seine Kundenliste auf seiner Webseite liest sich wie die dreißig größten DAX-Unternehmen. Na ja, ob das alles stimmt? Ich glaube das nicht. Große Worte waren damals schon sein Ding.“

„Und er wollte wirklich dem Sportlehrer alle Zähne ziehen, ohne Betäubung?“, fragte Sarah.

„Das hat er mir damals angedroht“, erinnerte sich Vetten lachend. „Und bei dem Lehrer versuchte er das dann in die Tat umzusetzen.“

„Die Münchner Kollegen sollen ihn informieren“,

sagte Sarah. „Ich vermute, er wird von allein hier wieder auf der Matte stehen."

„Und was macht die Tochter, die Zwillingsschwester Tanja?", fragte Vetten.

„Die wohnt wie die Mutter in Heiligenhaus. Sie ist Sozialarbeiterin geworden und arbeitet bei der Stadt Essen. Kümmert sich um Drogenabhängige, die auf der Straße leben. Sie hat geheiratet und zwei Kinder bekommen. Jetzt heißt sie Berg-Haberland", berichtete Sarah.

„Is' nicht wahr", Vetten war erstaunt. „Das war einer der Trittbrettfahrer damals, die eine Erpressung vorgetäuscht haben. Was macht der beruflich?"

„Der ist Schreinermeister und hat eine kleine Firma", las Sarah aus der internen Polizeisoftware vor.

„Lass uns nach Heiligenhaus fahren."

Es war Donnerstag, der 1. Dezember, und seit der Nacht hatte der Winter Mettmann fest im Griff. Es hatte geschneit, und nicht wenig. Obwohl überall Schnee lag, verzichtete Sarah nicht auf ihre geliebten Sneaker. Bevor sie die Fahrt nach Heiligenhaus antraten, vergewisserten sich die beiden, ob ihr Fahrzeug mit Winterreifen ausgestattet war.

„Darf ich mitkommen?", fragte Leonie, die Schulpraktikantin. „Nein. Schauen Sie lieber nach, ob der Weg nach Heiligenhaus frei ist. Nicht, dass da so ein Depp einen Unfall gebaut hat, weil er noch Sommerreifen draufhat. Wenn im Rheinland eine Schneeflocke fällt, müssen die meisten Autofahrer wieder angelernt werden, weil sie mit dem Schnee nicht klarkommen", erteilte Vetten ihr einen Auftrag.

Kaum saßen die beiden Kommissare auf dem Weg nach Heiligenhaus im Dienstwagen, erklang eine junge weibliche Stimme aus dem Funkgerät. „Peter 08/15 von Peter 007“, piepste es aus dem Lautsprecher. Sarah konnte sich vor Lachen kaum halten.

„Ich bitte um korrekte Ansprache. Was gibt es, Fräulein Braun?“, rief der Hauptkommissar ärgerlich.

„Alle Straßen nach Heiligenhaus frei. Und gute Fahrt. Over and out!“, funkte die übereifrige Praktikantin.

Vetten war sprachlos und schüttelte den Kopf. Seine rote Gesichtsfarbe zeigte, dass sein Blutdruck stieg und er kurz vor einer verbalen Explosion war.

Sarah lachte. „Ich finde die Kleine lustig. Die bringt frischen Wind zu uns.“

Auf ihrem Weg nach Heiligenhaus kamen Sarah und Vetten an der Erlenhain-Siedlung vorbei, wo vor zweiunddreißig Jahren das Verbrechen stattgefunden hatte.

Jörg Vetten erkannte Frau Wiescher sofort, obwohl er sie vor vielen Jahren das letzte Mal gesehen hatte. Umgekehrt war es nicht so. Frau Wiescher war inzwischen ergraut. Sie trug eine moderne Kurzhaarfrisur, die ihre Perlenohrringe nicht verdeckte. Ihr unifarbenes Kleid hatte ein dezentes Dekolleté. Ihren Hals schmückte eine rosa Perlenkette, passend zu ihren Ohrsteckern. Frau Wiescher machte nicht den Eindruck wie jemand, der vor über dreißig Jahren einen schweren Schicksalsschlag hinnehmen musste.

Vetten stellte sich und Sarah vor.

„Ja, ich erinnere mich“, begrüßte Frau Wiescher die

beiden. „Sie haben damals anders ausgesehen. Ich habe Sie schlanker in Erinnerung."

„Da haben Sie recht, das war ich auch", bestätigte Vetten. „Frau Wiescher, es gibt neue Erkenntnisse im Fall Ihrer Tochter Nicole. Dürfen wir reinkommen?"

„Selbstverständlich. Kommen Sie rein. Es ist zwar nicht so großzügig wie damals, aber ich bin zufrieden."

Die beiden betraten die Dreizimmerwohnung. Frau Wiescher führte sie ins Wohnzimmer. Vetten war überrascht. Er war einmal im Rahmen der Ermittlungen im Haus der Familie von dem Berg gewesen und hatte eine pompöse Einrichtung in Erinnerung. Diese Wohnung jedoch war einfach und sehr geschmackvoll möbliert. Auf dem Sideboard stand ein Bild der Zwillinge Nicole und Tanja im Alter von ungefähr fünfzehn, daneben eine Vase mit frischen Blumen. Eine kleine Sitzecke und ein passender Fernsehsessel rundeten das Ambiente ab. Auf dem Tisch lagen zwei Zeitschriften mit Nähanleitungen.

Sarah blickte Frau Wiescher lange in die Augen und sagte mit leiser, fester Stimme: „Wir haben den Leichnam Ihrer Tochter gefunden."

„Ich habe damit meinen Frieden gemacht", sagte Frau Wiescher. „Die ersten Jahre waren brutal und sehr schlimm. Ich hatte gute Psychologen und Psychotherapeuten. Und vor allen Dingen echte Freunde, die zu mir hielten. Sie machten mir langsam, aber sicher, deutlich, dass ich entweder an Nicols Verschwinden zerbrechen würde oder es einigermaßen annehmen könnte. Langsam erkannte ich, dass ich die Situation akzeptieren muss. Ich habe angefangen zu nähen. So etwas hätte ich mir damals nie vorstellen können. Das hat mich auf andere Gedanken gebracht."

Nach einer kurzen Pause fuhr sie fort: „Ich habe immer gehofft, dass Nicole entdeckt wird. Wo wurde sie gefunden?"

„Im Erlenhain", sagte Sarah, ohne Details zu nennen.

„Eine Information haben wir noch für Sie", ergänzte Vetten. „Ihre Tochter war schwanger."

Nun verlor Frau Wiescher doch die Fassung und ein paar Tränen flossen ihre Wangen herunter.

„Verzeihung", entschuldigte sie sich einen Moment später. „Damit hatte ich nicht gerechnet. War das der Grund, warum sie sterben musste?"

„Das wissen wir nicht. Der Fall wird neu aufgerollt und unsere Ermittlungen stehen am Anfang."

„Vielen Dank für Ihren Besuch. Ich hoffe, Sie haben viel Erfolg", verabschiedete sie die Kommissare. „Bitte informieren Sie mich über weitere Ergebnisse."

„Das ist selbstverständlich", versicherten sie.

„Was für eine starke Frau", bemerkte Sarah im Dienstwagen.

„Ich glaube, die meisten Menschen zerbrechen an so etwas", ergänzte Vetten. „Großartig, wie sie wieder ins Leben zurückgefunden hat. Sollen wir ihre Tochter Tanja besuchen? Ist nicht weit von hier."

Sarah und Vetten trafen Tanja Berg-Haberland zu Hause an. Sie hatte in dieser Woche Spätschicht. Tanja erkannte Jörg Vetten und kombinierte sofort, dass es Neuigkeiten im Fall ihrer Schwester Nicole geben musste. Sie hatte zehn Jahre nach dem Verschwinden von Nicole Zwillinge geboren. Die Enkelkinder und die räumliche Nähe zu ihnen halfen Frau Wiescher, den Tod von Nicole zu überwinden.

„Mutter und ich haben die Hoffnung nie aufgegeben, dass Nicole gefunden wird und wir einen Schlussstrich unter den Fall ziehen können. Das können wir jetzt und Nicole kann in Würde beerdigt werden“, sagte Tanja ruhig. „Von mir aus können Sie Ihre Ermittlungen einstellen. Für uns ist der Fall abgeschlossen. Wir wollen nicht wissen, wer der Täter war. Ein Prozess würde nur alte Wunden wieder aufbrechen.“

„Wenn das so einfach wäre“, lächelte Sarah. „Da sind uns die Hände gebunden. Wir müssen weiter ermitteln. Vielleicht brauchen wir Sie für Zeugenaussagen. Natürlich werden wir Sie nicht mit unnötigen Informationen belästigen.“

„Weiß Mutter Bescheid?“

„Ja, bei Ihrer Mutter waren wir. Sie schien sehr gefasst. Eine tapfere Frau.“

„Sie hat sehr gekämpft. Es ist schön, dass sie sich wieder gefunden hat“, freute sich Tanja. „Weiß es mein Vater?“

„Das übernehmen die Münchner Kollegen. Oder möchten Sie das lieber machen?“, fragte Sarah.

„Es ist in Ordnung, wenn das andere übernehmen. Wir haben schon lange keinen Kontakt mehr. Er hat mit mir gebrochen. Ich weiß nicht, was für ihn schlimmer war, dass ich Stefan geheiratet habe oder dass ich Sozialarbeiterin geworden bin. Beides hat er mir nie verziehen."

Inzwischen war der Ehemann Stefan eingetroffen und begrüßte die beiden Kommissare freundlich. Staunend hörte er sich die neuen Nachrichten zu der verschollenen Nicole an.

Vetten entdeckte im Wohnzimmer einen Bilderrahmen. In dem Rahmen ein Blatt mit aufgeklebten Buchstaben.
„Wir haben ihre Tochter. Wenn Sie die widersehn wollen, fordern wir 3 Millionen in kleinen Scheinen. Nicht nummeriert!
Keine Bullen
Die Erpresser"
„Wo haben Sie denn das her?", fragte Vetten irritiert. Er kannte den Erpresserbrief aus den Akten, die er sorgfältig studiert hatte.

„Ich musste dem Jugendrichter jedes Jahr meine Zeugnisse zeigen, als Nachweis, dass ich die Lehre ordentlich mache. Meinen Abschluss als Schreinergeselle habe ich als Jahrgangsbester gemacht. Dadurch habe ich zwei Jahre später ein Meisterstipendium erhalten. Bei der Übergabe der Urkunde durch die IHK erschien er plötzlich. Da hat er mir das als Andenken für meinen Blödsinn geschenkt", klärte Stefan Berg-Haberland auf.

„Ich habe mir das an die Wand gehängt, als abschreckendes Beispiel. Ist das Original."

„Würden Sie das ein zweites Mal machen?"

„Nein, das nächste Mal würde ich keine Buchstaben aus der Bravo ausschneiden", lächelte der Schreinermeister.

Alle lachten und die beiden Kommissare

verabschiedeten sich.

Wieder in ihrem Büro angekommen, berieten sie die weiteren Schritte.

„Als Nächstes ist der Sportlehrer dran“, forderte Vetten.

„Wenn er der Vater des Ungeborenen ist, hatte er ein starkes Motiv“, stellte Sarah fest. „Hat sich die Gerichtsmedizin gemeldet? Konnte DNA vom Vater gefunden werden?“

Ein Anruf in der Rechtsmedizin bei Karanastuso war enttäuschend.

„Nichts aus Düsseldorf. Die sind dran“, berichtete Vetten von dem kurzen Telefonat mit der Gerichtsmedizinerin.

„Auf zum Sportlehrer Reich.“

„Mein Dienstwagen ist in der Werkstatt“, ergänzte Vetten und zeigte auf ein Fahrzeug, das auf dem Parkplatz der Poolfahrzeuge stand. „Wir müssen einen Wagen der Bereitschaft nehmen.“

Das Fahrzeug, auf das er zeigte, war eine dreirädrige Piaggio Ape. So ein Minilieferwagen war bekannt aus zahlreichen italienischen Filmen. Diese Ape allerdings war in den Polizeifarben lackiert und hatte sogar Blaulicht. Der hintere Aufbau war getrennt von der kleinen Fahrerkabine und trug die Aufschrift ‚Berufsinfo Polizei‘ und eine Telefonnummer. Das Auto wurde von der Polizei zur Personalwerbung benutzt und war sehr auffällig.

Sarah traute ihren Augen nicht. „Das ist nicht dein Ernst.“

„Stell dich nicht so an und steig ein“, grinste Vetten.

„Wie soll ich da vorne neben dir mit deinen einhundert Kilo Platz haben?“

„Kannst ja auf meinem Schoß sitzen.“

„Und wie sollen wir uns anschnallen bitte?“, Sarah schaute ihren Kollegen verdutzt an.

„Da fahr ich nicht mit!“, schimpfte sie trotzig. „Da passt du ja allein nicht rein.“

Sarah hatte nicht gemerkt, dass ihr Kollege sie so richtig durch den Kakao gezogen hatte.

„Du siehst gut aus, wenn du sauer bist.“ Er grinste breit. Dann zeigte er auf ein sportliches Fahrzeug der Autobahnpolizei. „Ich glaube, wir nehmen den da.“

Sarah lachte laut auf.

„Das war die Retourkutsche für den Boxer mit Doktortitel.“

„Mensch, bist du nachtragend.“ Vetten sah ihr deutlich an, wie sehr sie sich freute, dass ihr die Fahrt nach Aachen mit der Piaggio Ape erspart blieb.

Kapitel 22

Reich hatte nach seiner Folter eine kurze psychologische Betreuung erhalten, fasste aber nie wieder richtig Fuß. Seinen Tick mit dem Augenblinzeln und Kopfwackeln behielt er sein Leben lang bei. Heute nannte man das posttraumatische Belastungsstörung und er hätte umfangreichere Rehamaßnahmen erhalten. Vor zweiunddreißig Jahren gab es so eine medizinische Unterstützung nicht.

Er verdiente seine Brötchen als Angestellter in einem Aachener Sportstudio, wo er Kurse für Erwachsene gab. Seit einem Jahr war er in Rente und wohnte in Stolberg.

Der Zivilwagen der Autobahnpolizei war neu und hatte richtig PS unter der Haube. Es war immer noch sehr kalt, aber die Straßen waren inzwischen alle geräumt. Vetten wollte kein Risiko eingehen und fuhr mit angemessener Geschwindigkeit. Auf der A3, kurz vor dem Rastplatz Ohligser Heide, bemerkte er einen Schatten, der sich langsam auf der Rücksitzbank erhob. Zum Vorschein kam der blonde Schopf von Leonie.

„Was machen Sie hier?“, brüllte Vetten. „Wie kommen Sie hier rein?“

Er bremste ab, fuhr auf den Rastplatz in eine Parkbucht, stieg aus und holte tief Luft.

„Ich glaube, der Hauptkommissar ist kurz vor einem Herzinfarkt“, wandte sich Sarah an Leonie. „Du bist zu weit gegangen. Das darfst du nicht machen. Absprachen müssen eingehalten werden, und wir hatten die klare Ansage, dass du nicht mit zu

Einsätzen oder Vernehmungen fährst."

Leonie stieg aus und ging auf Vetten zu. „Entschuldigung, Herr Vetten. Das soll nicht wieder vorkommen. Sie können mich ja hier absetzen. Ich schaue, wie ich nach Hause komme", sagte die Praktikantin leise.

„Wir funken die Leitstelle an, dass die Kollegen einen Streifenwagen schicken, der Sie hier abholt. Sie können bei der Kälte ja nicht so lange rumstehen", knurrte er.

Eine Streife holte Leonie ab und brachte sie zurück zur Kreispolizeibehörde. Die beiden Kommissare setzten ihre Fahrt nach Stolberg fort.

„Mannomann, auf Ideen kommen diese jungen Leute", stöhnte Vetten.

„Wenigstens hat sie versucht, das irgendwie wiedergutzumachen", versuchte Sarah, eine positive Seite an Leonies Verhalten zu sehen.

Die Fahrt nach Stolberg zu Reich schien ewig zu dauern. Über die A4 entlang der Allee des Baumes. Hier hatte das Land Nordrhein-Westfalen im Abstand von ein paar hundert Metern den jeweiligen Baum des Jahres gepflanzt. Vierunddreißig Bäume mit Beschilderung standen an dem Autobahnabschnitt. „Wenigstens eine Abwechslung an dieser langweiligen Strecke", philosophierte Sarah.

Reich bewohnte ein kleines Zweizimmerappartement. Die beiden Ermittler klärten ihn auf, worum es ging.

„Ich bin damals nicht wegen Mord angeklagt worden. Da lagen keine Beweise vor."

„Sie hatten aber ein starkes Motiv", erwiderte Sarah,

„Nicole war schwanger im vierten Monat. Wenn sich herausstellen sollte ..."

„Einen Moment, einen Moment", unterbrach Reich. „Nicole war schwanger? Davon wusste ich nichts. Das müssen Sie mir glauben."

„In Kürze werden wir die DNA des Ungeborenen isoliert haben. Dann wissen wir, wer der Vater ist. Durch eine Vaterschaft hätten Sie ein starkes Motiv gehabt, Nicole zu beseitigen."

Dass die Sache mit der DNA bei so frühen Föten schwierig war, erwähnten die Kommissare nicht. Sie hofften auf ein Geständnis von Reich.

„Nein, nein. Ich habe ihr nichts getan. Außerdem gibt es einen Paragrafen im Grundgesetz, dass niemand wegen einer Tat zweimal vor Gericht gestellt werden kann, selbst wenn er freigesprochen wird, obwohl er schuldig ist", sagte Reich.

„Das ist korrekt, das ist Paragraf 103, Absatz 3 im Grundgesetz", stimmte Sarah zu, um sogleich zu widersprechen. „Das trifft für Sie aber nicht zu. Sie sind nicht wegen Mordes verurteilt worden, Sie wurden nicht mangels Beweisen freigesprochen. Es hat nicht einmal ein Staatsanwalt Anklage erhoben."

Sarah hatte in ihrer Ausbildung mehrere Kurse Jura besucht und war juristisch geschult.

„Das werden wir ja sehen", maulte Reich.

Die beiden begaben sich wieder auf den Heimweg nach Mettmann. In Düsseldorf machten sie einen Abstecher in die Uniklinik an der Moorenstraße in das Rechtsmedizinische Institut.

„Was für ein hoher Besuch kommt da?", freute sich

Karanastuso. „Da habt ihr mir mit dem Ungeborenen eine richtig harte Aufgabe gegeben."

„Ist die Aufgabe lösbar?", fragte Sarah vorsichtig. „Wie ist sie gestorben?"

„Wie vermutet. Durch mehrere Schläge auf den Kopf. Der Hammer oder das Beil war bestimmt ein Kilo schwer. Wir haben kleine Eisenoxidpartikel in der eingedrückten Schädeldecke gefunden. Die Schläge erfolgten mit großer Kraft von oben. Der Täter muss groß und kräftig gewesen sein."

„Was ist mit dem Baby?"

„Ein paar Wirbel vom Rücken wurden gefunden. Somit stehen wir nicht bei Null da", informierte Karanastuso. „Ich bin dran."

„Wir haben einen Verdächtigen. Er hatte damals kein Alibi und hat sich der Festnahme durch Flucht entziehen wollen. Er hatte ein Verhältnis mit der Schülerin. Wenn du nachweisen kannst, dass das Kind vom ihm ist, hätte er ein starkes Motiv."

„Ich weiß, Sarah. Ich verfolge den Fall mit großem Interesse", outete sich die Medizinerin. „Mir ist viel daran gelegen, dass der Täter sein gerechtes Urteil bekommt. Woll."

„Wir erwarten Positives von Ihnen", sagte Vetten kurz und knapp.

„Jawoll", antwortete Karanastuso, schlug die Hacken zusammen und grüßte militärisch.

Alle mussten lachen und die Kommissare verließen den Obduktionsraum.

In der Kreispolizeibehörde angekommen, wurden die Akten von damals ein weiteres Mal akribisch studiert.

Sarah und Vetten konzentrierten sich auf die Tatsache, dass die Hunde nichts gefunden hatten.

„Die Suche mit Hunden erfolgte eine Woche nach dem Verschwinden von Nicole“, las Sarah in dem Bericht der Hundeführer. „Nicoles Leiche muss kurz danach an den Fundort gebracht worden sein.“

„Der Täter musste sich beeilen, es war warm und Leichengeruch entsteht schnell. Oder er hat die Leiche gekühlt.“

„Wenn wir davon ausgehen, dass Nicole am Samstag oder Sonntag getötet wurde, hätte er die Leiche über eine Woche kühlen müssen. Das hätte er nur in einer Gefriertruhe in einer Wohnung oder einem Haus machen können.“

„Oder in einer Garage mit entsprechender Stromversorgung.“

„Da sind zwei Punkte, die Reich entlasten. Erstens ist er klein und schmächtig. Die Schläge erfolgten von oben und mit großer Wucht. Zweitens hatte er eine kleine Wohnung in der Teichstraße und nur einen Kühlschrank mit Gefrierfach. Da kannst du keine Leiche parken.“

„In den Akten steht nichts von einer Garage. Die wäre doch von der KT untersucht worden. Ich glaube nicht, dass das damals übersehen wurde.“

„Er kann den Schlag von einer erhöhten Position aus durchgeführt haben. Die Leiche könnte er für die paar Tage in einem Plastiksack gelagert haben“, widersprach Vetten.

„Aber wo sollte er den Sack eine Woche versteckt halten?“, entgegnete Sarah.

Die Aussagen von Werner Schmittke, dem Vater der

erblindeten Tochter, wurden überprüft. Schmittke selbst konnte nicht befragt werden, da er inzwischen verstorben war. Zu dieser Spur gab es keine neuen Fakten.

Der einzige Verdächtige, den sie hatten, war Reich. Die Verdachtsmomente gegen ihn waren aber sehr dünn.

Tatsächlich meldete sich Karanastuso am nächsten Nachmittag.

„Hallo nach Mettmann. Es gibt Neuigkeiten. Wir konnten die DNA des Ungeborenen isolieren. Hurra, dafür müsst ihr mich für den Nobelpreis vorschlagen. Der Vater ist tatsächlich euer Reich, der kleine Sexhungrige. Woll."

„Wenn das nichts ist!", jubelte Vetten. „Wir haben ihn."

„Na, dann macht eine Flasche Sekt auf", freute sich die Medizinerin. „Ich gehe mich desinfizieren. Von innen und von außen. Woll".

„Von innen und von außen", lachte Vetten, „weißt du was das heißt, Sarah?"

„Ja, das weiß ich."

„Professor Doktor Wollbine Karanastuso, ich trink Ouzo, was trinkst du so? Das hast du auch schon gehört?"

„Das hat sie mir auf dem Blotschenmarkt erzählt. Ich sollte das wissen, bevor ich es von Dritten erfahre und falsche Rückschlüsse ziehe. Von innen desinfizieren bedeutet, dass sie einen Ouzo trinkt oder zwei. Sie hat im Obduktionsraum einen Schrank mit Äthylalkohol, Waschbenzin und allerhand Desinfektionsmittel. Dort steht, gut gekühlt, eine Flasche Ouzo. Nach einer erfolgreichen Obduktion wäscht sie sich gründlich die Hände und reinigt sich ebenfalls von innen, mit Ouzo", referierte Sarah.

„Das hat sie dir auf dem Blotschenmarkt erzählt?"

„Ja, sie hat mir auch das ‚du' angeboten. Wenn sie vor Studenten seziert und einer in Ohnmacht fällt, gibt sie ihm einen Ouzo, zur Beruhigung."

Vetten schüttelte den Kopf. „Da weißt du ja mehr als ich. Ich glaube, ihr mögt euch."

„Sie erzählte mir, dass sie griechische Wurzeln hat. Daher die Liebe zu Ouzo", klärte Sarah auf „Und Wollbine, weil sie ständig ‚Woll' sagt. Das kommt von ihrer Dortmunder Vergangenheit. Eigentlich ist ihr Vorname Sabine."

„Das kann nie schaden, wenn du zu der Leitenden Gerichtsmedizinerin ein gutes Verhältnis hast. Wer weiß, wozu das hilfreich ist?"

Zwei Aachener Kollegen verhafteten Reich und brachten ihn in Handschellen nach Mettmann. Sarah und Vetten ließen ihn eine Weile im Verhörraum sitzen und beobachteten ihn.

Der Leitende, Stefan Gollenberg, und ein Staatsanwalt sollten das Verhör von der anderen Seite des Spiegels verfolgen.

Reich hatte keinen Anwalt, also wurde ein Pflichtverteidiger angefordert. Auf dessen Ankunft wurde gewartet.

„Herr Reich, wir wollen nicht lange um den heißen Brei herumreden", startete Vetten das Verhör. „Es ist gelungen, die DNA des Ungeborenen zu isolieren. Ihre

Vaterschaft konnte somit eindeutig nachgewiesen werden."

„Damit haben Sie ein starkes Motiv. Sie wollten die Schwangerschaft von Nicole mit allen Mitteln verhindern und wählten schließlich das äußerste Mittel, Mord", ergänzte Sarah.

„Als Lehrer einer minderjährigen Schutzbefohlenen wären Sie sofort suspendiert worden. Das war Ihnen bewusst und so schlugen Sie zu."

Die Vorwürfe prasselten nur so auf Reich ein.

„Nein, nein, ich war das nicht. Ich habe ihr nichts getan. Wir liebten uns. Von einer Schwangerschaft hat sie mir nie erzählt", wiederholte Reich ständig.

„Ohne Geständnis wird es schwierig", stöhnte der Staatsanwalt. „Motiv ist da und Alibi fehlt. Wir haben keine weiteren Indizien, nirgends Blut oder Zeugen. Woher auch, nach über dreißig Jahren?"

Natürlich wollen Staatsanwälte aussichtsreiche Fälle anklagen. Dieser Fall würde außerdem großes mediales Interesse haben. Der Staatsanwalt saß zwischen zwei Stühlen.

Der Pflichtverteidiger forderte Einsicht in die Ermittlungsakten, die ihm gewährt wurde. Ihm fiel das Gutachten der Gerichtsmedizin auf. Täter groß und kräftig! Das passte nun überhaupt nicht zu seinem Mandanten. Vor dem Haftrichter brachte der Anwalt genau dieses Argument vor. Da keine Indizien Reich belasteten, ordnete der Haftrichter keine Untersuchungshaft an. Der Staatsanwalt erhob ebenfalls keine Anklage.

Resigniert besuchte Vetten Stirn und Hellermann, die ihre Enttäuschung nicht verbergen konnten.

„Ist der Vater aufgekreuzt?“, fragte Stirn.

„Nein, er wurde bereits durch die Kollegen in München informiert“, berichtete Vetten.

„Hat unser Sportlehrer Polizeischutz?“, fragte Hellermann.

„Die Aachener Kollegen fahren verstärkt Streife und achten auf von dem Bergs Auto. Er hat einen roten Golf. Falls der Arzt in Aachen auftauchen sollte, sind die Kollegen alarmiert, um sofort entsprechende Maßnahmen einzuleiten“, berichtete Vetten.

„Van den Berg, so viel Zeit muss sein“, grinste Stern.

„Wie auch immer. Zähne ziehen kann er jedenfalls nicht. Er hat ja keine Zahnarztpraxis.“

„Wer weiß, was dem alles einfällt“, entgegnete Stirn.

Frau Wiescher meldete sich bei Sarah und sagte, dass ihr Mann offensichtlich kein Interesse zeigte, in irgendeiner Weise wieder aktiv zu werden. Er würde nicht nach Mettmann kommen, auch nicht zur Beisetzung von Nicole. Er hätte mit allem abgeschlossen.

‚Aktenzeichen XY‘ wurde zum wiederholten Mal um Mithilfe gebeten. Ein Bild von Nicole wurde gesendet, ebenso das Bild der Handtasche.

Es gingen kaum Hinweise ein. Die Kripo hatte einfach zu wenig. Nach so vielen Jahren würde sich kaum jemand an Einzelheiten erinnern.

Kapitel 23

Die Hansestadt Buxtehude liegt am Rand von Hamburg und vor den Toren des Alten Land an der Oberelbe. Hier lebten die beiden zwölfjährigen Ole und Tom, die seit dem Kindergarten dicke Freunde waren. Die Eltern unterstützten diese Freundschaft und brachten beide abwechselnd zu sportlichen Aktivitäten.

Wenn Ole und Tom keine Schule oder gemeinsames Training im Sportverein hatten, fuhren sie mit ihren Rädern in die nähere Umgebung. Besonders gerne spielten sie in dem Naturschutzgebiet Estetal südlich von Buxtehude. In diesem ehemaligen Übungsgebiet der Bundeswehr fanden sie ein tolles Gelände, um gegen Ritter und alle möglichen Trolle und Dämonen zu kämpfen und zu siegen. Um sich zu verteidigen, hatten sie sich Schwerter und Schilde aus Holz gebastelt.

Die Este plätscherte gemütlich durch den Wald. Das Teilstück um die beiden Teiche hatte ein Buxtehuder Handwerker gepachtet und Forellen ausgesetzt. Manchmal versuchten Ole und Tom zu angeln, was selten erfolgreich war. Sie passten genau auf, dass niemand sie erwischte.

Im Sommer hatten sie einen alten Bauwagen an der Este entdeckt. Wochenlang beobachteten sie aus sicherer Entfernung das ausrangierte Fahrzeug mit einem Fernglas. Ein älterer Mann mit langen Haaren und grauem Bart wohnte in dem Wagen. Seine schmutzige und abgenutzte Hose wurde von einer Kordel gehalten, damit sie nicht rutschte. Die abgegriffene Schimanskijacke hatte vor langer Zeit bessere Tage gesehen. Die beiden malten sich allerhand gruselige Geschichten um den offenbar Obdachlosen aus.

Jetzt, im Winter, stieg Rauch aus einem Schornstein des Bauwagens empor.

„Schau, der Alte macht seine Bude warm“, bemerkte Ole.

Die beiden überlegten, wie sie ihm einen Streich spielen könnten.

„Wir spannen einen Draht vor seiner Tür. Er stolpert und fällt hin“, schlug Ole vor.

„Oder wir stellen ein Holz unter die Türklinke, dass er nicht raus kann“, warf Tom ein.

Letztlich trauten sie sich doch nicht, ihre Ideen in die Tat umzusetzen. Das erschien ihnen alles zu gefährlich. Die Angst der beiden war größer als ihr Mut. Also beobachteten sie den Mann weiterhin mit einem Fernglas.

Mehrere Tage hatten sie ihn nicht gesehen und es stieg auch kein Rauch aus dem Schornstein. Das triste Wetter und der Nebel ließen den Bauwagen in einem gruseligen Licht erscheinen.

„Der ist bestimmt woanders hingezogen“, meinte Ole. „Der ist nicht da.“

„Komm, wir gehen hin“, sagte Tom. Er war der Mutigere von den beiden.

„Meinst du?“, fragte Ole vorsichtig.

Die zwei nahmen ihren ganzen Mut zusammen.

„Hallo? Hallo! Ist da jemand?“

Als keine Antwort erfolgte, schlichen sie vorsichtig um den Wagen herum, die Hände fest um die Griffe der Holzschwerter geklammert.

„Scheiße, da liegt einer“, rief Tom erschreckt aus. So schnell sie konnten rannten sie zu ihren Rädern, die sie an den Fischteichen geparkt hatten.

Bei Ole zu Hause angekommen, waren die beiden viel zu aufgeregt, um ihre Beobachtung zu verheimlichen. Oles Eltern merkten sofort, dass etwas nicht stimmte.

„Wir haben einen Toten gefunden, an der Este im Bundeswehrwald“, stammelte Ole, der sich als Erster wieder gefangen hatte.

Oles Mutter versuchte, die beiden mit Limo zu beruhigen, und der Vater fuhr zu der beschriebenen Stelle an der Este. Er stellte sein Auto an den Fischteichen ab und ging die restliche Strecke zu Fuß.

Die Kinder hatten recht. Dort lag ein Toter. Er rief den Notruf der Polizei, schilderte die Situation, gab seine Position durch und wartete auf die Beamten.

Es begann die übliche Prozedur, wenn ein unbekannter Toter mit unklarer Todesursache gefunden wurde. Der Leichnam kam in die Gerichtsmedizin und die KTU untersuchte den Fundort und die Unterkunft des Obdachlosen.

Die beiden Kinder mussten zu ihren Beobachtungen befragt werden. Bereitwillig erzählten sie den Buxtehuder Kommissaren alles und identifizierten den Toten anhand eines Fotos, das die Polizisten gemacht hatten. Es war der Mann, den sie seit einiger Zeit beobachtet hatten.

Zahlreiche Gegenstände in dem Bauwagen ließen darauf schließen, dass der Mann dort eine Weile gelebt hatte. Offensichtlich hatte er sich oft an den Forellen aus den naheliegenden Fischteichen bedient. Viele Gräten und Fischköpfe deuteten darauf hin. Der Bauwagen wurde oberflächlich untersucht. Bis auf eine ältere Damenhandtasche war nichts Außergewöhnliches in dem Fahrzeug.

Der Platz um den Bauwagen war von Müll übersät. Irgendwelche Umweltsünder hatten ihren Sperrmüll dort entsorgt. Stühle, ein Sessel, ein Tisch, Röhrenfernseher und eine Kühltruhe standen dort herum. Vielleicht hatte der Mann sich einige der Sachen auch vom Sperrmüll beschafft. Der Obdachlose hatte eine Plane gespannt, damit der Hausrat im Trockenen stand. Offensichtlich seine Terrasse für den Sommer.

Die Obduktion des Toten ergab keine Hinweise auf einen gewaltsamen Tod. Er war aufgrund seines schlechten körperlichen Zustands gestorben. Der Fundort wurde freigegeben und die Buxtehuder Müllabfuhr gebeten, den Müll zu entsorgen.

Die Handtasche, die in dem Bauwagen gefunden wurde, erweckte die Neugierde eines der Buxtehuder Kommissare, und er recherchierte. Als er den Namen eingab, der in Glasperlen auf der kleinen Tasche appliziert war, wurde er sofort fündig. „Nicole, vermisst seit 1990", ergab die Suche in eCEBIUS. Das Foto der Tasche passte. Das schien die Handtasche der vermissten Nicole zu sein. Er war sich sicher.

Sofort informierte der Kommissar seine Vorgesetzten und natürlich seine Kollegen aus Mettmann.

„Das gibt's doch nicht“, jubelte Sarah. „Kommissar Zufall hilft uns. Erzählen Sie mir ausführlich, Herr Kollege.“

Detailliert berichtete der Buxtehuder Kommissar von dem Fund.

„Mitten im Wald nördlich von Hamburg, in einem alten Bauwagen“, staunte sie. „Der Fundort muss untersucht werden, und der Bauwagen. Da muss die KTU ran, mit großem Besteck.“

„Das geht nicht so schnell. Wir sind hier in Niedersachsen. Da muss der Dienstweg eingehalten werden. Ich darf nicht aufgrund eines Vorfalls in Nordrhein-Westfalen tätig werden.“

Sarah schluckte und musste sich auf die Zunge beißen.

„Okay. Wir melden uns. Aber sperren Sie wenigstens den Fundort ab, damit am Ort nichts verändert wird.“

Wenigstens dieser Wunsch wurde Sarah erfüllt und die Müllabfuhr, die den Müll abtransportieren sollte, wurde abbestellt.

Aufgeregt lief Sarah zu ihrem Chef Sebastian Gollenberg und berichtete von diesem Kompetenzgerangel.

„Das bekommen wir hin“, meinte er, „ich kümmere mich darum.“

„Du musst dich beeilen, bevor der Fundort total durch Neugierige kontaminiert ist“, forderte Sarah.

Sebastian Gollenberg rief seinen Kommilitonen Guidomar aus der Studienzeit an. Er hatte mit ihm gemeinsam Jura in Düsseldorf studiert. Guidomar von Grabenholt war Staatssekretär im Innenministerium.

Beide plauderten kurz über gemeinsame Erlebnisse aus der Studienzeit. Gollenberg kam zur Sache und erzählte von den bürokratischen Hindernissen.

„Mit der bin ich in eine Klasse gegangen, das muss 1990 gewesen sein", rief von Grabenholt. „Das ist ja irre. Ich kann mich genau daran erinnern. Da waren zwei Kommissare. Wie hießen die noch mal? Weiß ich nicht mehr. Ist egal. Die waren taff, die beiden. Grüß sie schön von mir. Nach so langer Zeit kommt da wieder Bewegung rein. Wahnsinn."

„Kannst du in Niedersachsen versuchen, uns zu helfen? Die müssen schnellstens mit großem Besteck den Fundort untersuchen. Egal, was das kostet."

„Das bekommen wir hin. Ich kenne da jemanden", versicherte Guidomar.

Der Leitende berichtete Sarah und Vetten von seinem erfreulichen Gespräch mit dem Staatssekretär. Dann rief er Hellermann an, um ihm die Grüße von Guidomar von Grabenholt auszurichten.

„Das gibt's doch nicht. Was ist der? Staatssekretär im Innenministerium? Das war so ein arroganter Arsch in der Befragung. Die Protokolle müssen Sie sich durchlesen, Herr Gollenberg. Wie patzig ein sechzehnjähriger Schüler sein kann. Keinen Respekt vor uns. Nicht zu fassen. Ich habe mich damals gefragt, was aus so einem wird. Jetzt weiß ich es."

Tatsächlich nahm sich Gollenberg die Protokolle aus dem Jahr 1990 von der Befragung des Schülers Guidomar von Grabenholt vor.

Frechheit siegt, dachte er sich, ist nicht mein Stil. Da bin ich viel zu ehrlich und nicht frech genug, um in die

Politik zu gehen.

Kapitel 24

„Wie kann das möglich sein?“, fragte Sarah in die Runde. „Wie kommt die Tasche nach Buxtehude?“

„Entweder wir fahren hin und übernehmen die Ermittlungen, oder alles wird nach Mettmann gebracht und wir ermitteln von hier aus.“

„Lass uns diplomatischer Vorgehen. Die Nordlichter wollen auch ihren Erfolg haben“, schaltete sich der Leitende ein. „Einige von euch fahren hoch und bilden eine gemeinsame SOKO. Ihr kennt den Fall besser als die Nordlichter und die Kollegen aus Buxtehude kennen die Leute und die Mentalität dort oben besser. So haben wir die besten Synergien.“

Vier Kommissare fuhren mit den Kopien von zwanzig Aktenordnern im Gepäck ins Alte Land nach Buxtehude. Natürlich waren Sarah und Vetten dabei. Zur Überraschung aller durften Hellermann und Stirn als Berater teilnehmen. Die beiden waren wild darauf, ‚ihren‘ Fall bearbeiten zu dürfen und endlich zu einem erfolgreichen Abschluss zu bringen. Sie konnten ihr ganzes Wissen einbringen. Es wurde eine gemeinsame SOKO mit den Buxtehudern gebildet.

Es dauerte einige Zeit, bis alle SOKO-Mitglieder auf dem gleichen Wissensstand waren. Glücklicherweise gab es kein Kompetenzgerangel und alle zogen am gleichen Strang. Karanastuso und die Hamburger Leiterin der Rechtsmedizin kannten sich vom Medizinstudium und arbeiteten ebenfalls eng zusammen.

Der Bauwagen wurde gründlichst untersucht. Er

wurde komplett auseinandergenommen. Jede Schraube wurde untersucht. Unter einem Tischbein wurden kleinste Blutflecken festgestellt. Sarah bestand darauf, diese Stellen genauer zu untersuchen. Die Worte ihrer Düsseldorfer Freundin hatte sie behalten. „Oh, das kann auch nach Jahrzehnten noch erfolgen. Manchmal werden Blut- oder Spermareste durch Tischfüße oder Schränke, die die Spur verdecken, regelrecht mumifiziert".

Mit den neuesten Untersuchungsmethoden konnten mikroskopische Blutspuren mit Sicherheit analysiert werden. Die Blutspritzer waren tatsächlich von Nicole. Somit war der Tatort gefunden. Nicole war mit großer Wahrscheinlichkeit in diesem Bauwagen ermordet worden. Doch es fehlte die Tatwaffe. Laut Karanastuso ein metallischer Gegenstand aus Eisen, ein größerer Hammer oder die Rückseite eines Beils oder einer Axt.

Ebenso konnte ein 100-DM-Schein in dem Bauwagen sichergestellt werden. Er wurde sorgfältig eingetütet und zur Untersuchung ins Labor gebracht.

Die Recherche der Buxtehuder Kollegen konzentrierte sich auf den Bauwagen. Wie kam der hier her? Wem gehörte er? War Nicole in Buxtehude ermordet worden? Falls ja, wie kam sie nach Buxtehude und was machte sie dort? Wie kam die Leiche nach Mettmann? Alles offene Fragen, für die die Ermittler Antworten suchten. Die Zusammenarbeit mit den Buxtehuder Kollegen erwies sich dabei als äußerst positiv.

Diese Bauwagen werden oft auf einem LKW transportiert, weil sie nicht angemeldet werden müssen. Sie bekommen zwar ein Nummernschild, aber ohne amtliches Siegel. Das Nummernschild wird angebracht, um den Wagen kurze Strecken über öffentliche Straßen zu bewegen. Genau so ein Nummernschild ohne Siegel hatte dieser Bauwagen. Die Metallplatte des Schildes war stark angerostet, aber das Kennzeichen war noch gut zu erkennen. Es war das Hamburger Kennzeichen HH-DW 239. Die Suche konzentrierte sich auf Hamburger Bauunternehmen, die diesen Bauwagen auf Baustellen benutzten – im Jahr 1990. Die Ermittler suchten die Nadel im Heuhaufen, dessen Heu vor zweiunddreißig Jahren abgemäht worden war.

Die KTU und die Hamburger Gerichtsmediziner meldeten einen neuen Erfolg. Es wurde Blut einer weiteren Person gefunden. Diese DNA war nicht in der Datenbank. Kleinste Blutspuren dieser Person befanden sich auf dem Geldschein sowie Fingerabdrücke einer unbekannten Person.

Hellermann erinnerte sich, dass damals eine Hamburger Baufirma das Gelände Erlenhain erschlossen hatte. Die Firma hatte alle Straßen und Wege gebaut. Sie waren zur Zeit des Verbrechens dort mit Pflaster- und Teerarbeiten beschäftigt gewesen.

Natürlich existierten nach dieser langen Zeit keine Unterlagen mehr. Keiner konnte sagen, wo der Bauwagen zur fraglichen Zeit gestanden hatte.

Während Sarah mit den Buxtehuder Kollegen alles daransetzte, die Geschichte des Bauwagens zu rekonstruieren, fuhr Vetten zurück nach Mettmann. Er wollte eine Reihenuntersuchung der Bewohner der

Erlenhainsiedlung in die Wege leiten. Die unbekannte Blutspur, die sie in dem Bauwagen gefunden hatten, war der Schlüssel zum Täter. Sie gehörte nicht zu Reich und nicht zu dem Obdachlosen. Es war denkbar, dass sie zu einem Bewohner der Erlenhainsiedlung gehörte. Der Täter wäre gefunden.

Leonie erhielt ihre nächste Aufgabe und war stolz, in die Ermittlungen eingebunden zu werden. Sie musste den Aufenthaltsort der Erlenhain-Bewohner ermitteln, die 1990 in das Neubaugebiet gezogen waren, inzwischen aber irgendwo anders wohnten. Hierzu musste sie bei den Einwohnermeldeämtern anfragen.

Vetten freute sich, wieder in Mettmann zu sein. Es war das Wochenende, an dem das jährliche Grünkohlessen bei Familie Saab stattfand. Auch Saabs hatten vor zweiunddreißig Jahren im Erlenhain gebaut. Zum Einstand hatten sie einige Nachbarn und Freunde zu einem Kohl-und-Pinkel-Essen eingeladen. Die Pinkelwurst wurde extra aus Oldenburg besorgt. Dieser Termin war gesetzt, in den ganzen Jahren nie ausgefallen.

Auch Sarah freute sich auf ein freies Wochenende. Ihr Vater feierte seinen sechzigsten Geburtstag. Sie würde alte Freunde und Verwandte zu diesem Anlass in Paderborn treffen. Auch ihr Freund, Sebastian Bürgerfreund, wegen dem sie sich nach Mettmann hatte versetzen lassen, war mit dem Zug angereist. Sie holte ihn vom Paderborner Bahnhof ab und stellte ihren Eltern ihren neuen Lebensgefährten vor. Sebastian wurde von Sarahs Eltern offen aufgenommen und mit Fragen gelöchert. Nicht über seine Person, da trauten sie Sarah schon einen guten Geschmack zu. Sie fragten Sebastian über Sarah aus, ob ihr Beruf nicht zu gefährlich wäre, ob sie denn auch Freizeit hätte und vieles über Sarahs Polizeiarbeit. Sie machten sich ständig große Sorgen um ihre Tochter. Sebastian war froh, dass die Gäste eintrafen und Sarahs Eltern nicht so viel Zeit hatten, sich um ihn zu kümmern. Es war eine schöne Familienfeier, viele Gäste hatten sich lange nicht gesehen.

Vetten fiel es bei dem Grünkohlessen schwer, nicht über seinen aktuellen Fall berichten zu dürfen. Da eine Massen-DNA-Untersuchung bevorstand, musste er sich in diesem Fall zurückhalten. Es gab aber genug andere Gesprächsthemen für den kleinen Kreis. Er berichtete von einigen Anekdoten aus seiner Laufbahn, ohne Namen zu nennen.

Zu vorgerückter Stunde zeigten Saabs ein Bilderalbum aus der Zeit des Einzugs in die Erlenhainsiedlung.

„Mein Gott, sah das damals hier aus. Wie klein die Büsche und Bäume alle waren."

„Schau mal, du bei der Gartenarbeit mit Schaufel."

„Ja, da haben wir gerade unseren Rollrasen gelegt."

„Hier, der Parkplatz. Voller Matsch. Das Auto dahinter, war das nicht der Mercedes des Zahnarztes?"

Tatsächlich war auf dem Schnappschuss der vorbeifahrende Mercedes von von dem Berg zu sehen.

„Gibt es was Neues von dem Fall mit der verschwundenen Schülerin von damals?", fragte einer der Gäste. Er hatte ‚Aktenzeichen XY' mit dem neuerlichen Aufruf nach Zeugen gesehen.

„Nein, da kam leider nicht viel, das ist zu lange her“, log Vetten. „Kannst du bitte zurückblättern?“

Der Gastgeber blätterte eine Seite in dem Album zurück. Vetten starrte auf ein Foto mit Teilen eines Bauwagens. Es war ein Hamburger Nummernschild erkennbar: HH-DW 239.

„Darf ich dieses Foto haben?“, fragte er.

Den restlichen Abend konnte er der Unterhaltung nicht mehr konzentriert folgen. Seine Gedanken kreisten um den Bauwagen. War der Bauwagen aus Hamburg zur Tatzeit in Mettmann?

Obwohl es zwei Uhr nachts war, als er nach der Feier zu Hause ankam, rief er Sarah in Paderborn an. Sie war gerade in ein Fachgespräch mit dem Bruder ihres Vaters vertieft. Onkel Wolfgang war pensionierter Staatsanwalt und berichtete über einen Fall aus seiner Arbeit.

„Was gibt es so Wichtiges, dass du mich so spät während einer Familienfeier stören musst?“, wunderte sich Sarah.

„Hast du das Kennzeichen von dem Bauwagen im Kopf?“

„Ja klar. HH-DW 239.“

„Danke. Ich schicke dir gleich ein Foto per WhatsApp.“

Schon war es da.

„Wo hast du das her?“, fragte Sarah überrascht.

„Erzähl ich dir morgen ausführlich. Jetzt haben wir den Beweis, dass Nicole in Mettmann ermordet wurde. Der Bauwagen stand zur Tatzeit in Mettmann im Erlenhain. Fachsimpel weiter und eine schöne Feier noch.“

„Ja, so ist das in unserem Job, da hast du nie Feierabend", grinste ihr Onkel. „Dein aktueller Fall?"

„Ja, offensichtlich der Durchbruch, zumindest ein großer Teil der offenen Fragen gelöst."

Und schon erzählte Sarah ihrem Onkel von dem Fall der seit 32 Jahren vermissten Nicole.

Der Beweis, dass der Bauwagen zur Zeit des Verschwindens von Nicole im Erlenhain gestanden hatte, war ein ausreichendes Argument für den Richter, einen Massen-Gentest anzuordnen. Alle Menschen, die damals im Erlenhain gewohnt hatten und älter als sechzehn Jahre gewesen waren, wurden zu einem DNA-Test verpflichtet. Das waren ungefähr 360 Menschen. Da mittlerweile etwa dreißig Prozent aller Häuser den Besitzer gewechselt hatten, mussten 120 Menschen außerhalb von Mettmann ermittelt werden, um eine Speichelprobe von ihnen zu nehmen. Leonie hatte ganze Arbeit geleistet und alle Bewohner, die inzwischen den Erlenhain verlassen hatten, ausfindig gemacht.

Die Ergebnisse der DNA-Tests wurden mit Spannung erwartet. Mit jedem negativen Ergebnis wurde die Enttäuschung größer, den Mörder von Nicole nicht zu finden. Alle damaligen Bewohner gaben ohne Ausnahme eine Speichelprobe ab. Fünf Personen waren in der Zwischenzeit verstorben.

Es gab keine Übereinstimmung. So war die Befürchtung groß, dass trotz aller Teilerfolge der Täter nie gefasst werden würde.

Zu wem gehörte die unbekannte DNA, die im Bauwagen gefunden wurde und wie konnte der

Leichnam mehrere Tage versteckt werden, bevor er im Erlenhain vergraben wurde?

Kapitel 25

Die SOKO in Buxtehude wurde aufgelöst und die Ermittler fuhren frustriert wieder nach Mettmann zurück.
Sarah recherchierte zum x-ten Mal in den Unterlagen. Was hatten sie übersehen? Reich war raus. Die Vergangenheit vom Vater war durchleuchtet worden.

Es war Freitag, der 16. Dezember, der letzte Tag von Leonies Praktikum. Jörg Vetten war froh, dass er sie endlich los war. Er konnte seine Freude aber gut verbergen.

„Fräulein Braun, ich hoffe, wir konnten Ihnen einen guten Einblick in die Polizeiarbeit geben. Für Ihren weiteren Weg wünsche ich Ihnen alles Gute", verabschiedete er Leonie.

„Vielen Dank, Herr Vetten. Ich habe über den Fall Nicole nachgedacht. Haben Sie eigentlich durchleuchtet, was mit Nicole vor der Zeit in Mettmann war? Wo kam sie her? Hatte sie davor Freunde? Wie war sie in der Schule vor ihrer Zeit in Mettmann und wie waren ihre Leistungen in Mettmann?"

Sarah und Vetten guckten sich verdutzt an.

„Ne, da haben wir nichts gefunden", sagte Sarah überrascht.

„Na, dann an die Arbeit", lachte die Praktikantin.

Vetten wusste nicht, ob er sie wegen dieser Anmaßung tadeln oder wegen der guten Idee loben sollte.

„Ich habe etwas für dich", sagte Sarah und konnte

sich mit Mühe ein Lachen verkneifen. „Du musst es sofort aufmachen." Sarah gab Leonie ein kleines, hübsch mit Geschenkpapier eingepacktes Päckchen. Das Geschenkpapier war mit lauter kleinen Polizeiautos bedruckt.

Sarah entfernte das Papier vorsichtig. Zum Vorschein kam eine blaue Wasserpistole mit dem Aufdruck ‚Polizei'.

„Oh, wie süß. Das ist ja toll. Vielen Dank", sagte Leonie mit ihrer pipsigen Stimme und umarmte zuerst Sarah und dann Jörg Vetten. Er konnte sich ein Lächeln jetzt auch nicht verkneifen.

Es lagen tatsächlich keine Informationen über Nicole aus der Zeit vor, bevor sie nach Mettmann ins HHG wechselte.

„Lass uns mal nachforschen", forderte Sarah.

Tanja gab Auskunft über das Gymnasium in Wuppertal, das die Zwillinge damals besuchten.

Das Wilhelm-Dörpfeld-Gymnasium gab es immer noch, ein altsprachliches Gymnasium in Wuppertal-Elberfeld. Nicole und Tanja besuchten die Schule bis Juni 1989, da waren sie in der neunten Klasse.

Sarah und Vetten machten sich auf den Weg nach Wuppertal. Vielleicht gab es noch Lehrer, die Auskunft über Nicole geben konnten.

Der Schulleiter zeigte sich sehr kooperativ, konnte den Kommissaren aber nicht helfen. Er hatte die Schulleitung erst vor fünf Jahren übernommen. Es existierten keine alten Klassenbücher mehr. Diese Bücher waren zwar wichtig für Noten oder Einträge über Vorkommnisse, wurden aber nach fünfundzwanzig Jahren vernichtet. Somit wusste in der Schule niemand, wer Nicole damals unterrichtet hatte. Der Direktor wollte in der nächsten Konferenz eine Anfrage an das Kollegium stellen und einen Aufruf im Lehrer-Intranet der Schule machen. Bei Neuigkeiten würde er sich sofort in Mettmann melden.

Sarah und Vetten machten sich keine großen Hoffnungen, dass sich etwas aus Wuppertal ergeben würde. Vielleicht konnte die Schwester Tanja aus der Wuppertaler Zeit berichten. Die Kommissare trafen Tanja wieder in ihrem Haus in Heiligenhaus an.

„Gibt es etwas Neues?“, fragte sie neugierig.

„Leider nein. Vielleicht können Sie uns helfen.“

„Gerne, wenn ich kann.“

„Haben Sie Informationen über Ihre Schwester aus der Wuppertaler Zeit für uns?“, fragte Sarah. „Uns ist aufgefallen, dass wir dazu wenig Informationen haben.“

„Da ist nichts, was mir spontan einfällt. Vater wollte unbedingt, dass wir auf dieses humanistische Gymnasium gehen. Ich war da so Mittelmaß und Nicole boxte sich gerade so durch. Mathe war für sie ein Graus. Wenn Vater wieder von einer fünf erfuhr, war zu Hause dicke Luft. Zum Glück kümmerte er sich nicht viel um uns und hat selten von schlechten Noten erfahren.“

„Gab es sonst irgendwelche Auffälligkeiten?“, fragte Vetten. „Gab es Freunde? Eventuell Schüler mit Rachegedanken?“

„Nein. Ich kann mich an nichts Besonderes erinnern.“

„In den alten Protokollen haben wir eine Aussage

von Ihnen gelesen, dass Nicole mit vierzehn Jahren zum ersten Mal Geschlechtsverkehr hatte. Wissen Sie, mit wem? Gab es da vielleicht Streit oder Eifersucht mit jemandem?“, wollte Sarah wissen.

„Ich glaube nicht, dass an dieser Geschichte etwas dran war. Nicole hat manchmal mit Geschichten geprahlt, um sich wichtig zu machen. Kann sein, dass das stimmte.“

Tanja versuchte, sich zu erinnern. Doch sie konnte keine näheren Angaben zu Freunden aus der Wuppertaler Zeit machen.

Tanjas Mann, Stefan Berg-Haberland, kam hinzu. Er war im zehnten Schuljahr in derselben Klasse gewesen wie Nicole und Tanja. Er wusste noch, dass Nicole im Unterricht grottenschlecht gewesen war. Im Mündlichen blieb sie Antworten schuldig. An der Tafel war sie nie in der Lage, irgendwelche Aufgaben zu lösen. Sie hatte sogar einmal, auf dem Weg zur Tafel, eine Ohnmacht vorgespielt, damit der Lehrer ihr Versagen nicht bemerkte.

„Ich habe nie jemanden so perfekt in Ohnmacht fallen sehen. Nicole hätte Schauspielerin werden sollen“, erinnerte sich Stefan. „Aber im Schriftlichen war sie gut, besonders in Mathe.“

„Ja, das stimmt. Jetzt erinnere ich mich. Obwohl das Niveau im HHG mit Sicherheit nicht schlechter war als das in Wuppertal. In Mettmann stand sie plötzlich auf zwei in Mathe.“

„Wer war euer Mathelehrer?“

„Der hatte so einen lustigen Namen. Ich kann mich genau an ihn erinnern. Wurzel hieß der. Er wurde von allen Schülern Quadrat genannt“, lachte Tanja.

Sarah und Vetten warfen sich Blicke zu.

„Vielen Dank, das war sehr aufschlussreich“, verabschiedeten sich die beiden und fuhren nach Mettmann zurück.

Sie diskutierten heftig über die erhaltenen Informationen. Es war kurz vor Weihnachten. Die beiden Kommissare hätten den Fall gerne im alten Jahr abgeschlossen und machten sich selber Druck.

„Woher kommt diese plötzliche Leistungssteigerung? Das ist ein schwaches Indiz gegen den Mathelehrer“, überlegte Sarah.

„Das reicht niemals für Fingerabdrücke oder Vergleichs-DNA“, ergänzte Jörg. „Das genehmigt kein Staatsanwalt. Damit brauchen wir erst gar nicht anfragen.“

„Hellermanns Sohn war damals in Nicoles Klasse“, erinnerte sich Sarah in den Protokollen gelesen zu haben. „Vielleicht weiß er etwas, oder andere Mitschüler haben Beobachtungen gemacht, die ihnen nicht so bewusst waren. Manchmal musst du jemand mit einer Sache konfrontieren. Erst dann fällt ihm ein, dass da etwas war.“

„Sollen wir die Schüler von damals nochmals befragen?“, rätselte Vetten. Sein Gesichtsausdruck zeigte, dass er diese Idee nicht gut fand.

„Der Wurzel war damals Vertrauenslehrer und hat über das Gerücht mit dem Sportlehrer Reich berichtet“, brachte Sarah eine weitere Information ein.

„Vielleicht wollte er von sich ablenken?“, spann Vetten den Faden weiter.

„Nur ein Indiz, ganz, ganz dünnes Eis“, ergänzte

Sarah.

„Und wenn wir das ganze Lehrerkollegium einen Speicheltest machen lassen?“

„Nein. Die meisten Lehrer von damals sind nicht mehr im Dienst. Da sind viele neue Lehrer, die damals noch nicht an der Schule waren. Hellermanns Sohn gehört dazu“, widersprach Sarah. „Außerdem haben wir gerade einen Massentest durchgeführt. Mit negativem Ergebnis. Wir können nicht wieder einen Test anordnen. Falls der negativ ist, führen wir einen dritten Test durch, und dann einen vierten? Nein, das geht nicht! So ein Massentest wird immer sehr kritisch von der Presse beobachtet. Das wird nie genehmigt.“

„Wir drehen uns im Kreis“, stöhnte Vetten.

„Wie kommen wir an seine Fingerabdrücke oder DNA?“, stöhnte Sarah. „Dann hätten wir den Beweis. Wir müssen uns etwas einfallen lassen. Sagtest du, Hellermanns Sohn ist Lehrer am HHG?“

„Ja, willst du ihm eine Speichelprobe entnehmen?“

„Quatsch, natürlich nicht. Aber ich habe da so eine Idee.“

„Lass hören“, forderte Vetten.

„Ist nicht ausgereift“, wich Sarah geschickt aus. „Wenn die Idee fertig ist, erzähle ich dir davon.“

Sarah rief abends Sabine Karanastuso an. Die beiden hatten sich angefreundet und Sarah hatte ihre Privat- und Handynummer. Sie hatte juristische Fragen. Sabine war zwar Rechtsmedizinerin, aber sie konnte aufgrund ihrer jahrelangen Erfahrung als Gutachterin mit DNA-Proben und dem Umgang mit deren Herkunft vor Gericht viele Ratschläge geben.

Natürlich teilte Sarah der Freundin ihre Idee mit.

Am nächsten Tag rief Sarah Paulsen bei Hellermann an und informierte ihn über die neuesten Ergebnisse. Sie erzählte, dass sie einen Plan hätte, den sie gerne mit ihm persönlich besprechen wollte.

„Wann wollen wir uns treffen?"

„Könnten Sie Ihren Sohn bitten zu kommen? Er spielt dabei eine wichtige Rolle", sagte Sarah geheimnisvoll. „Bitte niemand davon erzählen. Das ist noch nicht spruchreif."

„Morgen ist gut. Da ist Alexander sowieso bei uns. Sie machen mich aber neugierig."

Kapitel 26

Eine Woche später betrat Hellermann die Kreispolizeibehörde in Mettmann. Einige ehemalige Kollegen erkannten ihn und freuten sich ihn wieder zu sehen. Er ging zielstrebig auf Vettens und Sarahs Büro zu und legte mit einem freudigen Gesichtsausdruck einen Müllbeutel mit einem Pappbecher auf den Schreibtisch der Kommissare.

„Es hat geklappt", grinste der Pensionär.

„Was hat geklappt, Franz?", fragte Vetten. „Gibt es da etwas, was ich wissen müsste?"

Jetzt konnte Sarah das Geheimnis nicht länger für sich behalten.

„Also gut. Hellermanns Sohn Alexander ist Lehrer am HHG. Wir, Hellermann und ich, hatten die Idee, ob wir über Alexander vielleicht an Informationen über Wurzel alias Quadrat kommen könnten. Alexander bezeichnet Wurzel als schmierigen Typen, der nicht besonders beliebt ist. Zu seiner Zeit als Schüler war das anders, da war Wurzel der Schwarm vieler Mädchen."

„Das reicht nicht aus, nicht einmal für eine Befragung", meinte Vetten.

„Warte ab. Alexander hat für uns verdeckt ermittelt."

„Bist du wahnsinnig? Wenn das rauskommt! Das geht nur mit eigenen Leuten!", rief Vetten entsetzt. Er hatte Angst um die Karriere seiner Partnerin.

„Beruhige dich. Der Mathelehrer hat tatsächlich achtlos einen Pappbecher, aus dem er zuvor getrunken hat, in den Müll geworfen. Und Alexander Hellermann hat, um sauber zu machen, den

Müllbeutel entsorgt. Und der Müllbeutel mit dem Becher ist zufällig hier bei uns gelandet", strahlte sie.

„Ob wir damit durchkommen? Das ist eine Grauzone", bemerkte der erfahrene Kommissar.

„Das werden wir gleich sehen", sagte Sarah und machte sich mit Vetten auf den Weg zum Leitenden. Hellermann besuchte inzwischen einige ehemalige Kollegen.

Sebastian Gollenberg staunte nicht schlecht über den Zufallsfund.

„Und Hellermanns Sohn hat dieses Trinkgefäß zusammen mit dem Müllbeutel aus dem Müll gefischt?", fragte Gollenberg.

„Ja, rein zufällig", ergänzte Sarah mit einer gespielten Unschuldsmiene.

„Und der Mathelehrer Wurzel hat aus genau diesem Becher getrunken und ihn in den Müll geworfen."

„Ja, das hat Hellermann-Junior rein zufällig beobachtet."

Sarah hätte Schauspielerin werden sollen, dachte Vetten.

„Und eine Verwechslung mit anderen Bechern ist nicht möglich?", bohrte Sarahs Chef weiter.

„Nein, die Mülltüte war leer. Nur der Becher drin."

„Es ist niemand illegal an den Becher gekommen? Das war quasi beim Reinigen?", spielte Sebastian Gollenberg das Spiel von Sarah mit.

„Ja, genau, beim Reinigen", wiederholte sie die Worte ihres Chefs. Ihr machten die Dialoge jetzt richtig Spaß und sie freute sich, dass der Leitende mitspielte.

„Und warum ist der Becher nicht in der KTU?", kritisierte Gollenberg mit gespielter ernster Miene.

Vetten hatte zugehört und staunte. Ich glaube, die macht noch so richtig Karriere, freute er sich.

Sarah und Vetten brachten den Becher persönlich nach Düsseldorf in die Rechtsmedizin. Leonie, die Praktikantin, war informiert worden und durfte als Highlight zum Abschluss ihres Praktikums mitkommen. Sarah hatte sie eingeladen und für diesen Tag vom Unterricht befreit. Schließlich hatte sie den Anstoß zur Lösung des Falls gegeben. Natürlich hatte sich Sarah zuvor informiert, ob kein ‚Kunde' auf dem Sektionstisch lag, und Karanastuso den wertvollen Becher angekündigt.

„Zeigt mal her, was ihr da habt", Karanastuso gab den Müllsack einem Assistenten, der sofort mit den Vorbereitungen der Analyse startete.

„Das wäre ja zu schön, um wahr zu sein. Ich habe gerade eine Statistik gelesen, dass es in Düsseldorf und Umgebung neunundachtzig Cold Cases gibt, die teilweise bis ins Jahr 1970 zurückreichen. Dazu kommen fünfunddreißig Fälle von Langzeitvermissten. Eine Vermisste hat Dr. Müller gefunden. Wenn jetzt noch ein zweiunddreißig Jahre alter Mord aufgeklärt würde, das wäre die Krönung", referierte die Medizinerin. „Das kannst du dir auf die Fahnen schreiben, Sarah."

„Nein, das war unsere Praktikantin. Leonie führte uns auf die Spur mit den Schulnoten von Nicole", lobte Sarah die Schülerin.

„Nicht schlecht, junge Frau. Ein verborgenes Talent. Ihr müsst euch bis morgen gedulden. Vor morgen Mittag haben wir kein Ergebnis. Woll", bedauerte die

Rechtsmedizinerin.

Als ob die vier Kommissare Paulsen, Vetten, Hellermann und Stirn Aufputschmittel genommen hätten, konnten sie kaum schlafen in der Nacht. Der mögliche Durchbruch war so nah.

Am nächsten Vormittag herrschte eine angespannte Stimmung im Büro der beiden Kommissare. Die Luft knisterte wie kurz vor der Bescherung an Heiligabend.

Endlich klingelte Sarahs Telefon. Sie erkannte die Düsseldorfer Nummer sofort. Mit fragendem Blick zu Vetten ließ sie es drei Mal klingeln und nahm erst dann den Hörer ab. Kein Witz oder eine lustige Bemerkung heute zu ihrer Freundin. Sie war zu aufgeregt und stellte ihr Telefon sofort auf Lautsprecher.

„Volltreffer, liebe Sarah. Ich nehme an, dein Kollege hört mit. Es ist deine Quadratwurzel. Herzlichen Glückwunsch“, gratulierte Karanastuso.

Im Hintergrund jubelte Vetten. Er konnte und wollte nicht verheimlichen, dass eine Träne aus seinem Auge kullerte. Das war wie eine Prüfung, auf die man jahrelang hingearbeitet hatte und sie dann bestand.

Beide gingen zum Leitenden, um das Ergebnis zu präsentieren. Gollenberg rief den Staatsanwalt an und erklärte ihm ausführlich die Herkunft der DNA-Probe. Nach anfänglichem Zögern konnte der Staatsanwalt von der rechtmäßigen Herkunft des Bechers überzeugt werden. Er beantragte einen Haftbefehl und Durchsuchungsbeschluss beim Gericht. Auch der Richter bestätigte, dass man nicht illegal an den Becher gelangt wäre, und kam dem Antrag der

Staatsanwaltschaft nach.

Wurzel wurde verhaftet und erkennungsdienstlich behandelt. Eine Speichelprobe wurde ihm entnommen und nach Düsseldorf zur Analyse geschickt. Es begann ein langes Verhör. Zeitgleich wurde das Haus des Mathelehrers von der KTU auf den Kopf gestellt.

Das Ergebnis der Speichelprobe war eindeutig. Die Blutspuren im Bauwagen stammten von Wurzel. Die Fingerabdrücke auf dem 100-DM-Schein waren ebenfalls von ihm. Als letzten Beweis konnten die Techniker die Fingerabdrücke auf den neunzehn 100-DM-Scheinen, die man im Zimmer von Nicole gefunden hatte, Wurzel zuordnen.

Sarah und Vetten konfrontierten ihn mit ihrer Theorie.

„Sie haben Nicole gegen gewisse Dienstleistungen gute Mathenoten ausgestellt. Nicole hat Sie daraufhin erpresst und Geld von Ihnen verlangt. Bei der letzten Übergabe wurde es Ihnen zu viel und Sie haben Nicole in dem Bauwagen erschlagen“, erklärte Paulsen.

„Dafür haben Sie keine Beweise“, wehrte sich der Mathematiklehrer heftig.

„Das ist richtig. Wie es zu der Tat kam, ist unsere Theorie. Aber die Tat selbst, das waren Sie. Ihre DNA und Ihr Fingerabdruck am Tatort sind ausreichende Beweise. Und dass Nicole in dem Bauwagen gestorben ist, ist ebenfalls bewiesen.“

„Vielleicht hatte ich Nasenbluten und habe mir bei einem Arbeiter ein Taschentuch ausgeliehen. So könnte das Blut in das Fahrzeug gekommen sein“, redete Wurzel sich raus.

„Wie hieß der Arbeiter, wie sah der aus, wann war das?“

„Wie soll ich das nach dieser Zeit noch wissen?“, schrie Wurzel. „Wissen Sie, wo Sie vor 32 Jahren waren?“

„Wie kommen Ihre Fingerabdrücke auf die Geldscheine, die wir in Nicoles Zimmer gefunden haben?“, drängte Sarah.

Sie nahmen Wurzel in die Zange. So ging das bis in den späten Abend. Der Lehrer stritt alles ab. Schließlich wurde er in eine Zelle gebracht, um am nächsten Tag einem Haftrichter vorgeführt zu werden.

Die Kriminaltechniker stellten in der Garage von Wurzels Wohnung mehrere schwere Werkzeuge sicher, die sofort ausführlich untersucht wurden. An einem Hammer wurden mikroskopisch kleine Blutspuren entdeckt, die Nicole zugeordnet werden konnten. Somit war das Tatwerkzeug gefunden.

„Wie kann man nur so blöd sein, das Tatwerkzeug nicht zu entsorgen?“, rätselte Sarah.

Als sie Wurzel mit diesem Beweis konfrontierten, knickte er ein und legte ein umfassendes Geständnis ab.

„Nicole kam nach der Mathematikstunde zu mir und hat mich regelrecht verführt. Sie setzte sich auf mein Lehrerpult und ihr Rock rutschte hoch. Ich hatte das Gefühl, sie wollte es im Klassenzimmer mit mir machen. Sie erzählte mir, dass sie mir schöne Stunden bereiten würde, wenn ich ihr bei den Mathematikarbeiten helfen würde. Ein paar Tage später habe ich mit ihr geschlafen und sie erhielt die Klausuraufgaben von mir. Nach der zweiten guten Klausur von ihr wollte sie Geld, 1000 Mark. Sie wollte alles erzählen, wenn ich nicht zahle. Mir war klar, dass ich den Kürzeren ziehen würde, ich zahlte. Sie wollte ein zweites Mal Geld. Wieder 1000 Mark, ich zahlte wieder. Als sie ein drittes Mal 1000 Mark haben wollte, reichte es mir. Das konnte nicht ewig so weitergehen. Zur Übergabe haben wir uns an dem Bauwagen getroffen. Er war nicht verschlossen. Als sie mich frech angrinste und das Geld nehmen wollte, habe ich sie mit einem Hammer erschlagen. Er lag in dem Bauwagen. Die Leiche habe ich mit meinem Kombi nach Hause gebracht. In der Garage hatte ich eine alte Gefriertruhe. Dort wollte ich sie lassen, bis Gras über die Sache gewachsen war. Später habe ich sie auf einem unbebauten Grundstück nachts vergraben."

„Wann war das?"

„Getötet habe ich sie am Tag vor dem Endspiel der Fußball-WM. Nachdem die Suche mit den Hunden vorbei war, habe ich sie vergraben. Später wollte ich zu dem Bauwagen, um sauber zu machen. Er war nicht mehr da. Ich habe ihn nicht mehr gefunden. Ich bin froh, dass das alles vorbei ist. Nachdem ihre Leiche gefunden wurde, habe ich kein Auge mehr zugemacht. Dass sie schwanger war, habe ich nicht gewusst. Das tut mir alles wahnsinnig leid."

Das Geständnis beantwortete viele offene Fragen. Die Kommissare wussten jetzt, wo die 1900 Mark in Nicoles Zimmer herkamen, und wie die Tote in das Neubaugebiet gebracht wurde. Doch einiges blieb im

Unklaren. Wann der Bauwagen nach Hamburg kam und dann schließlich im Estetal gelandet war, konnte nicht herausgefunden werden. Aber das war für diesen Fall nicht mehr relevant.

Die Beweislast war erdrückend und Wurzel war geständig. So wurde er drei Monate nach seiner Verhaftung vor dem Wuppertaler Landgericht zu lebenslanger Haft verurteilt. Wegen seines Geständnisses und der offensichtlichen Reue wurde auf eine spätere Sicherungsverwahrung verzichtet. Der Lehrer wurde aus dem Staatsdienst entlassen und verlor seine Beamtenpension.

An manchen Prozesstagen saß eine Schülerin im Zuschauerraum des Landgerichts. Leonie wollte unbedingt dabei sein, wenn der Fall verhandelt wurde, zu dessen Lösung sie beigetragen hatte.

Jörg Vetten ging ein paar Wochen später in den Ruhestand. Er wurde mit einer großen Feier verabschiedet. Die Kollegen hatten alle für ein Abschiedsgeschenk gesammelt. Es kam ein stattlicher Betrag zusammen. Sarah hatte sich an die leuchtenden Augen ihres Chefs beim Besuch des weihnachtlichen Blumencenters erinnert. Sie organisierte für ihn einen Besuch in Hamburg für zwei Personen. Sie hatte VIP-Karten für die Miniwelten in der Speicherstadt und den Besuch eines Musicals organisiert.

Stirn und Hellermann waren ebenfalls zur Abschiedsfeier eingeladen. Sie hatten auch zur Lösung des Falls beigetragen und konnten jetzt ohne zu lügen behaupten, dass sie alle Fälle in ihrer Laufbahn aufklären konnten. Eine einhundertprozentige Erfolgsquote. Hellermann erzählte, dass er einen Anruf von Staatssekretär Guidomar von Grabenholt erhalten hat.

„Er hat mir gratuliert und meinte, er hat ja wesentlich zur Lösung des Falls beigetragen. Nur durch seine Intervention beim niedersächsischen Innenminister konnte verhindert werden, dass wichtige Beweismittel nicht vernichtet werden."

„Was für eine Arroganz. Ich denke, das glaubt der wirklich," staunte Stirn.

Sarah Paulsen wurde befördert und erhielt ihren zweiten Stern auf der Schulter. Sie war traurig, dass die angenehme Arbeit mit Jörg Vetten beendet war, freute sich aber auf neue Fälle mit einem neuen Kollegen oder einer Kollegin an ihrer Seite.

Die Gebeine von Nicole wurden eingeäschert und die Urne in einer Stehle im kleinen Familienkreis beigesetzt.

Trauer war nicht mehr im Gesicht von Mutter und Zwillingsschwester zu erkennen. Es war eine Erleichterung, dass sie jetzt endlich Abschied von Nicole nehmen konnten.

Liebe Leser!

Alle Akteure und Handlungen aus diesem Roman sind erfunden und Ähnlichkeiten mit lebenden oder verstorbenen Personen sind rein zufällig.

Ich möchte mich entschuldigen bei allen Lehrern, Zahnärzten, Jugendlichen aus Wohngruppen oder Personengruppen, die in diesem Buch vielleicht nicht so positiv erscheinen. Fühlt euch bitte nicht angesprochen. Ich musste irgendwelche Berufsgruppen verwenden, sonst wäre dieses Buch zu langweilig geworden.

Ob die Karriere von Guidomar von Grabenholt weiter bergauf ging, ist nicht bekannt. Nach dem Peter-Prinzip hatte er seinen Höhepunkt erreicht – oder nicht? Vielleicht in einer Fortsetzung, wer weiß.

Nicht alle Akteure sind erfunden. Den Pfarrer Franz Meurer aus Köln, den gibt es tatsächlich. Alle vierzehn Tage kann man ihn um fünf vor sechs im WDR 2 mit einem sympathischen Beitrag hören. Es macht Spaß, so geweckt zu werden. Vielen Dank, Herr Meurer, dass ich Sie in diesem Buch zitieren darf. (Auch er hat ein Buch geschrieben, „Glaube, Gott und Currywurst".)

Viele Orte aus dem Buch gibt es tatsächlich: das HHG, die Kreispolizeibehörde an der B7, den Blotschenmarkt, den Fischteich im Estetal bei Buxtehude. Gibt es auch das Neubaugebiet Erlenhain? Forschen Sie nach, liebe Leser. Mettmann und das Neandertal lohnen sich.

Danksagung

Dieses ist mein erster Roman. Inspiriert durch meine Tochter fing ich an zu schreiben, ohne zu wissen was auf mich zukommt und ob ich es zu einem Ende bringen werde. Vielen Dank an dich, Ann-Cathrin, und all die vielen Helfer, die dazu beigetragen haben, dass dieser Krimi vollendet wurde.

- Meine Frau, die mit unendlicher Geduld zig Versionen korrekturgelesen hat
- Die vielen Testleser. Allen voran Martin Scherhag, der Fehler wie „Trittbettfahrer“ gefunden hat.
- Meine Lektorin, Frau Dr. Mechthilde Vahsen, die mich einige Male korrigierte, mit der Bemerkung „Wenn Sie das so schreiben, erhalten Sie einen Shitstorm!“
- Die Grafikdesignerin Wencke Börding, die meine unendlichen Änderungswünsche am Cover und am Neanderthaler mit großer Geduld umsetzte.

Gibt es eine nächste Folge mit Sarah Paulsen? Ja, das Neanderland steckt voller dunkler Geheimnisse und Sarah und ein neuer Kollege sind voller Tatendrang diese Geheimnisse zu lüften.